王子《プリンス》来るまで眠り姫

中平まみ

Nakahira Mami

清流出版

今回廿七年間のセレクション・エッセー集を提案して下さった加登屋陽一社長、かつて駆け出し時代にもお世話になった臼井雅観氏、そして夥しい分量の中から此の一冊のために選び出しまとめて頂いた藤野吉彦氏に心からの感謝を込めて。愛しい犬達が殺されぬ世に一刻も早くなる事を熱望しつつ。

第一章……私のお気に入り

第二章……犬ほどかわいいものはない

第三章……いつかきっと王子様が

第四章……私というお荷物

第五章……………いい事ばかりじゃ無いけれど

装丁◎西山孝司
編集協力◎藤野吉彦

第一章……私のお気に入り

美女難時代のワガママ

貴女ってわがままねぇ、そう言われると（イヤダナア）、と思う。胸に棘も刺す。不本意なのだ（本当のワガママ者なら、人の気持ちを配慮したり斟酌《しんしゃく》して、こうも日々疲れたりなんかしない筈。それに私ほど心優しい、思いやりのある人間なんていないのに）と。それでも昔から、そうみられることが多かった。その言葉は、だから人の手で無理矢理冠せられてしまう帽子か王冠《ティアラ》のようなもの。それが度重なるにつれ、いつ頃からか考え始めたのかも知れない。いっそゲイジツ方面の人種になってしまえば……。そっちに「高飛び」しまぎれてしまえばラクになるんじゃないか。単なるワルクチみたいに言われることもなかろうと。だって芸術家は皆エゴイスト（そうでしょ?）。まァしかし私のわがまま度《さ》なんて、たかが知れたもの。真性のそれはもっと、人の迷惑顧みず、傍若無人、自分中心に突走り、他を巻き込む。

例えば――例えば誰だろう、超弩級のわがままで、一つの象徴《シンボル》になりえているような名前を挙げれば、やはりかつてのＢＢや、リズ・テーラーといったあたりになるのか。当時の美事な肢体《プロポーション》や、昔日の美貌と共に、そんな名がまず浮んでくる。ＢＢにはビキニや裸や洗いざらしのブルージーンのように、リズには毛皮や宝石や真赤な口紅と同じように、よく似合っていた。わがままが。生意気な言動　気まぐれ　よく変る相手《パートナー》　度重なる結婚　それらは、自分にとって最高の理解者や、愛情を真摯に求めるあまりの出来事、自己に忠実に正直に生きる途中経過や結果であるらしいと、納得させられる仕組み。やはり何か一つの傑出した、突出したものを持てる者には、人々は寛大にならざるを得ない、ということか。こんなにキレイな女なんだもの。多少驕慢だって仕方がない、と。美。姿形の美しさ。それはやはり、もっとも説得力を持つ要因《ファクター》かも。何故なら、不美人のワガママほど暑苦しく見苦しく、かつお門違いにみえるものはないから。

近頃ワガママタレントが増えた／やけに目立つ。それは、ことさらそう振舞うことを個性的、とカン違いしたり、何かハキ違えている連中の愚かしい仕業、に過ぎないことが多い。そんな場合はただ単に不愉快なだけ。嫌な（馬鹿な）女だと。こんな風潮私には、美的でない女優が大勢多勢を占め（堂々主役を張り）、という現象と足並揃えている気がしてならない。

待望久しい美女の復権よ。ツンと澄ました綺麗な女優が（美しいドレス着て）ゴージャスな夢の香りを漂わせてくれる、そんな映画への渇望。気高い美女は一体どこへ行ったのか。

「昭和急行」の夢の果て

〝昭和、昭和、昭和の子供だ僕たちは　ＳＨＯＷＡ――と言うと、何かで見知ったその唄の文句が頭によぎる。この原稿が活字になる頃、「昭和」はどうなっているだろう。今はやれ長嶋茂雄もソウルオリンピックから戻るやその足で駆けつけた、と記帳騒ぎ、催し物の過敏なまでの自粛続き、そして〝御容態〟速報を連日、新聞ＴＶは伝えているけれど（それにしてもヒステリックな過剰反応、と私などは首傾げている）。

幾時代かがありまして（誰かの詩でこんなフレーズがあった）、明治・大正そして私が生まれ生きてきた昭和に続くわけだが、例えばひげをたくわえ山高帽にフロックコートの紳士、あちら風にペティコートでふくらませたドレスを着込んだ婦人（の〝鹿鳴館〟風俗がすぐ浮ぶ）文明開化と洋風の波のしぶきを受けた明治、片や「大正ロマン」と一つの名詞が雰囲気を伝える表現にもなっている、竹久夢二的なる風俗に代表されるそれ、にひきかえ、昭和という「鏡」が映し出すイメージ、その画像のとりとめのなさ。パッと一つの何かに集約、代表されるのは、それが仮令《たとえ》イリュージョンであっても、最早浮んでこない、そんな時代。極めて散文的な。空想・情熱・詩的な心がはばたく余地のない、ロマンはさながら干上った井戸の水、と言っては言い過ぎだろうか。

勿論、生まれてこの方、物心ついて以来大いなる変化はあった。誕生の年が、民間放送、つまり民放開局。TVの曙、TV文化（それを文化と呼ぶのなら）の幕明けとその異常発達興隆繁茂（そして今や紛れもなく爛熟退廃期）。土の路がアスファルトに、街がどこもかしこも似たように化粧直し、高速道路に歩道橋に超特急、都電をなくし、川をどんどん潰し、と街は東京オリムピックに目の色変えて狂奔準備の頃から激変（これを小林信彦は〝街殺し〟と指摘、その通りだろう）、電化電化の波、食生活の大いなる変容（外食産業ラッシュ）、一個人商店からスーパーマーケット化（物皆すべてビルの中）、高層ホテルやマンションがやたらと建ち並び、誰もが大学へ行き、ファッションにうつつを抜かし、先進国だ世界の首都だ、と突走り新しがって先へ先へと。

いつか良くなる、と進歩を信じ、未来を夢見得たのはずうっと昔、せいぜい万博の前あたりまで。

よし子賛

「私は敢えて友人というものを持ちたがらぬ男であるが」とは三島由紀夫の言だが、男を女に置き換えたらそれは私にも当てはまる。物心ついて、学校いや幼稚園時代から、対人関係ってうっとうしい、人間関係って煩わしい、という感情に捉えられていた私。年々歳々「人づき合い」が嫌に、面倒に億劫になってきた。元来、私は「人間《ヒト》嫌い」の気質であるらしい。勿論これは硬貨《コイン》の表で、裏側にはどうしようもない「人恋しさ」もあろうが。

石川よし子。その名前は知っていた。〝朗雷会〟という市川雷蔵ファンの会の総元締めの存在は、私の様な門外漢でも見知って聞き知っていた。三十七歳という若さ、早さ、短かさでこの世を駆け抜けていった市川雷蔵という役者・俳優・スターは、ずっと前にこの現《うつつ》の世界からかき消え……しかし類稀なる個性・役者根性、また出演作品によってガラリ異なる驚異的変身をみせる彼は、多面体ダイヤモンドの様に今も煌き続ける、最早伝説の人で、なまじ生きていて、若き良き時代とは雲泥の差、別人の如く変り果て、私達を失望幻滅させるあまたの俳優群と異なりキリヽと屹立。かつてのファンは無論の事、今現在も新しいファンを産み続けている。

もう、幾ら嘆いてみても雷蔵さんは生き返らないのだから、かくなる上は皆さん、「朗らか」に在りし日の雷蔵さんを偲びつゝ、その作品を観続けようではありませんか、という子供から年輩に至る迄の雷ファンの全国組織海外ネットワーク。

銀座は〝樹の花〟という喫茶店で、マガジンハウス『自由時間』の三宅厚さんとお茶を飲んでいた私は、ミヤケさんがつと取り出した〝市川雷蔵作品集中上映試写会〟の葉書きに「私行きたい！」と即反応、新橋は徳間書店ビル内にある、大映のゆったりとした試写室に連日通い、そうして彼に魅せられた。映画は日活、女優も男優もスターはなべて日活よ、と日活一辺倒だった私は、その風格と奥行きのある美術、大映カラーとしか云い様の無いシャシンの持つ味わい雰囲気ニュアンスに、大映映画を漸くにして知った、そんな遅い目覚めであるが、最も瞠目させて呉れたのは市川雷蔵その人。イイと思ったらそれを喧伝せずにおられぬ私は『ぴあ』に、「眠狂四郎は雷ちゃんにしか出来ません。皆様シネマ・カリテへひた走れ！」という小文を書いた。丁度始まる、新宿武蔵野館で催されるＲＡＩＺＯ95に向けて。それが氏の目にとまり、お付き合いが始まった。三一書房刊〝市川雷蔵〟でも大映の田中徳三監督、美術の内藤昭、脚本家の星川清司、〝酒〟編集長の佐々木久子等、雷蔵をよく知り、その主演映画を観てこられた方々の末席に連なり、やはり直情径行型〝雷ちゃん礼賛〟を書いている。

一体に私は、他人とは淡交、水の如きさらりとした味わいを好む者。だが多情多感、（恨？）の故にか、親しくなり過ぎ知り過ぎが結局互いの欠点を見せ合い絶交断絶に至るケースがこれ迄少なくなかった。それは生来の、誤解され易い私の個性及び度を越した率直さにもよろう。よし子氏はごく短期間で、そうした私の資質を呑み込み、私の極く少ない、良き理解者の一人となった。そういう御性向では、恐らく損をなさる事も多々ありましょうが、と言われたが、私は我流無手勝流にしか生きられぬ人間である。そういう私から見て彼女は、驚異的な迄に、人との交遊交際交流の達人であり、また信じられぬ程のエネルギーで、様々な人々と関り合い、身銭を切って雷蔵を後援し、関係者とコンタクトなさっていて、私は今迄こんなに気前良く面倒見良く元気でスカッとした女性を見た事がない。それも活発な女学生みたいに天真爛漫でしばしば笑みを誘われる。

猶、最近私は突然俳人にもなり、それは『マリ・クレール』からの「俳句を作って下さい」という註文に応じたものであるが、季語辞典を買い求め何句か作った挙句、川柳みたいでちょっと、と出すのをやめた「雷蔵さん　私貴男にメロメロン」が一番良いとほめて下さったのも彼女。因みに私の俳号は眠狂四郎にあやかり「狂子」「眠々」または「迷子」。我家の応接間には「お誕生日のお祝い何がおよろしい?」と問われ「お茶運ぶロボット!」、私がねだり買って頂いた〝エミリオ一号〟(二万円もする)がお盆を持って控えて居る。

●●

私の好きなもの　一

♪レモンの切り口　洗いざらしのブルージーン
　みんな好きだけど　貴男が一番好き
　好き　好き　貴男が一番　好き
LOVE　YOU　I　LOVE　YOU　貴男が一番　好き♪
〝私の好きなもの〟という、その昔佐良直美が唄っていたボサノバ調の、歌詞の一節。
　その伝でいうならば……陽に干してたっぷりふくらんだふとん、漂いくる珈琲の香り、バタが隅々までしみこんだカリカリもしくはふわふわのトースト……と私の「好き」はいくらだってみつけられる。といいたいけど（いやいや）、同時に首を横に振るところもある。
♀　兄さんは世の中に起ることが何もかもいやなんでしょ
♂　違う。違うよ。絶対にそんなことはない
♀　兄さんはどんな学校だっていやなんだ。いやなものだらけなんだ。そうなのよ
♂　違う

♀　一つでもいってごらんなさい

♂　それはとにかく僕は今みたいなのが好きだ。ここにこうして君と坐って、おしゃべりしたり、ふざけたり——

♀　そんなの実際のものじゃないじゃない！

出だしだけで、分る人は分ってしまう。この本の題名を口にするとき、私にはいつもためらいがある。サリンジャーの『ライ麦畑でつかまえて』がスキで〜す、なんて馬鹿みたいなタレントまで名前を出すような一冊になってしまった、せいもある。こういうタイプの本は表立ってわざわざいうようなものじゃないと信じている、せいもある。それに私の場合「好き」、とはいいきれぬ。だが、いままで読んだ小説の中で魅力的な人物を十人挙げよ、といわれたなら、きっと入ってしまいそうな気がする。「僕」、ではなく妹のフィービーが。そしてふたりの例の会話には、何だか苦笑してしまう。ホールデン、このやや厄介な性格の「僕」は、私とちょっと似ているみたい、と。

ピリヽヽと唐辛子か山椒か胡椒の効いたような痛烈辛辣皮肉。それまで誰も云わなかった鮮やかさで本質を見事にいいあてている場合、悪口も芸の内、と思う。何でもかんでも面白がったり、肯定したり、誰とでも仲良しだったり、嫌いなものなんてない、という顔をしている人は、信じられない、いかがわしい、おかしい、という抜き難い思いがある。上手に洗練された悪口をいう、それもいいじゃない、といった私に、イヤ、中平さんの場合は似合いませんよ。好きなものについて書いた方がいいですよ。気に入らないものだと、中平さんは本気で怒っちゃったりするんですから、悪口は似合いませんよ。そういった編集者に、じゃあ似合う人なんているの？　と訊いたら、ビートたけしなんかそうでしょう、その若い男性はいったが、是々非々、と私は思った。ビートたけしのいったことすべてOK、そんなになって久しいが、大多数公認のもとズケズケをやっている、拍手を約束されたも同然の彼の悪態は、ホントの毒じゃなくなっているもの。それにビートたけしや久米宏（他にも大勢いるが省略）、彼らのような口八丁の男はもう沢山、という思いがここへきて急速に急激に強くなっている。それはそれで結構、とはいえ、今やそればっかりだ。女も。

今、絶えて久しいのは、そして私が求めているのは「言葉もなく」、たった一枚の写真でこちらのハートをわし摑みにし、うっとりと夢見させる、そんなスーパー級の存在。新作で酔えることは滅多にない、となると、たとえば市川雷蔵、たとえばブリジット・バルドオ、と旧作に走るしかない。フィルム製作年度はいくら古くとも、それらのあるものは、「今」なんて軽々ノックアウトノックダウンしてしまう、永遠の新しさが封印されている。

レモンにブルージーン。スパッと切ったレモンの、みずみずしさに満ちた黄色い放射性の断面。何度も水をくぐってすっかり体に馴じむ、ほどよくあせたブルージーン、そんなのがよく似合う、似合い過ぎるほど似合っているヒーローが確かにいた。石原裕次郎。日活が生んだ、戦後最大の映画スター。彼が実は東宝ニューフェース試験を受け落っこちたことは意外と知られていない。だが、もしそっちに入っても、あのような活躍は望めたかどうか。天の時・地の利・人の和、その三つが揃ってこそことが成就、というが、一本の映画でも小説でもスターでも「傑作」が世に出る、ということにはデリケートな偶然、とみえるものがいくつも働いている。それを総じて運命、と呼ぶ人もいるが。裕次郎。今更私がその名前を出さなくたって、さまざまな人の口から語り尽されている感もある。それに私は、ある時期、何年から何年までの、という、お酒の年度ではないが、限定版、としてのみ文句なしに彼を認め、讃え、評価するが、それ以後の彼には極めて冷淡。『太陽にほえろ』？『西部警察』？そんなタイトル耳にも目にもしたくもない。あるときから、彼ははっきりと輝きを失なった。魅了するものがこれっぽっちもなくなった。画面をみていても、ただ苦しいだけ。作品の出来？そんなことはほとんど関係ない。ちなみに、彼が初めてスクリーンに登場したときのことを振り返ろう。センセーショナルな出方をした小説のせいで、誤解されたり知られていなかったりはっきりいわれていなかったりするが、テンポものろく、主演のふたりもパッとしない、つまり長門裕之と南田洋子は演技者としては及第でも絶対にスターじゃない、スターにはなれる素材ではないことを、シーンにしてほんの僅か、「ちょっと出」の裕次郎が、それはもう残酷なまでに知らしめ、分らせてしまう。演出もまるで見当違いな、駄作、失敗作『太陽の季節』においておや（おっ、あの男は誰だ？）と観客に思わせる、この世ならぬ輝きを発散、彼はたった一人だけ場違いのようにそこにいた。もう少しみてみよう。田坂具隆が撮ったためもあろう、「裕次郎が新境地を開いた」とされる『乳母車』は実はどうにもピリッとしない退屈凡庸な代物だし、才能とは無縁な単なる量産監督井上梅次の『嵐を呼ぶ男』は、雲を突き抜け昇る龍のような勢いの裕次郎がドラムを叩きまくり唄うシーンだけが取り柄の、それ以外はあくびの出そうな凡作。題名だけが裕次郎のキャッチフレーズみたいに一人歩きをしてしまった例。ことほど左様に裕次郎映画は、作品的にはお粗末なものも多いのだ。ところが、その頃のどんな映画の中でも、彼はいるだけで「良かった」。カッコ良かった。台詞が聞きとり難い？　そんなことどうだっていい、演技の巧さなんて一体何だ？　そんなのは素敵さの持ち合わせのない連中に任しておけばいいと思わせてしまう。彼は圧倒的なスケールで大きなスクリーンの中に不敵に存在する、それがすべてだった。どんなにひどいスプリングの映画館でも、裕次郎を見るためだったら人々は喜んでお金を払った。

レモン片手に、ブルージーンはいて（へたなアメリカ人よりはきこなし）、長い脚の片方を、横浜の波止場の突堤でなくたって、その辺のコンクリの、セメントの、何の上でもいい、ひょいとのっけてポーズを作る、そんなことをしてちっともわざとらしくない、気恥かしさを感じさせない、どころかぴたりと決まってしまう、そんな男が果たしてどこにいた、そして今いるであろう。彼がそうした途端、冴えない景色もガラリと違って見え、吹いてくる風を感じさせた。メイド　イン　USAには殊の外弱い日本。だが二言目にはジェームス・ディーンという なかれ。アメリカ産じゃなく、ちゃんと国産で、こっちにこんな男がいた。たとえばオリンピックみたいに、もし当時のスターが競い合ったとしたならば、彼はジミーを軽々と抜き去って、あの時点でひょっとして世界で一位だったかも知れない。

春になると、人は何か新しいことを待望する。それは、たとえばとびきりのナイスガイが、ボッティチェルリの〝ヴィーナス誕生〟さながら、春一番に吹かれたように出現する、そんな期待感だってあるだろう。

昭和三十一年、『狂った果実』で海の中から忽然と現れたように裕次郎がそのデビューを飾って以来、私たちは長いこと、長い長い年月、新星の誕生を待たされ続けている。

●● 私の好きなもの　二

　気分屋、と思われがちな人間だが「自分の気分」をできるだけ大事にしよう、とそれにこだわりだしたのは意外と最近。それまでは、気がすすむすすまないにかかわらず、しなきゃ、という義務感ノルマ意識にしばられ「動作」や「行動」、アクションやリアクションを起こすことが多かった。近年それに気づいてからは、自分が気持ちいい、心地いいを最優先、なにより本能にさからわないように、とほとんど決意のように思っている。といってもいざ「実践」「実行」となると、そんなたいそうなことではない。たとえばデンワ。だれでもおぼえがあると思うけど、ひとに電話いっぽんするにも、気がのったとき自発的にするのとそうでないのとではえらい違い、格段の差がある。かけたいときにインスピレーションのようなものを感じだれかにコールするのと、あんまりしたくないけどごぶさたしていて「しないとわるい」から、で役にあたってかけるのとではまるで違う。一枚のはがき、いっぽんの電話、せめてこういうところからはじめよう、と考えた。どこかにゆくときもそう。近くの銀行にお金をおろしにゆく、本屋をのぞきにゆく、野菜くだもの魚パンを買いにでる、という「おつかい」でも、すきな路（わたしの場合それは、どやどやおおぜいのひとびとで混んでいる、だれもが余裕がなさそうにせかせか歩いている、高い建物が化粧をほどこした人工美人のようにとりすましたかおをみせているおもて通りや大通りではなく、裏手のほっとさせる路地、大資本ビルも不用意なうしろすがたをさらしている「普段着姿」が好ましい裏通り、むかしからのちいさな店や個人商店がならぶ○○通りということになる）を通っていく。というまことにささやかな、自衛手段のような選択ではあるが、それが、わたしの町の歩きかた。胸のなかの声に耳をすまし、それにしたがい気のむく方向へながれるように生きていきたい、とこのところつよく思うようになった。

そんなふうにして歩いていたら、一陣の涼風のようにさわやかな色合い、うすいみずいろがさーっと目にはいってきた。見れば、化粧品店の店先に置いてあるリーフレット。ペパーミントグリーンと藤色の二色づかいのパナマ帽、きれいなみずいろのタンクトップの肩にふわりと透ける同じ色のヴェール、耳には銀のイアリングというクールな夏姿のモデルが表紙をかざっている。

女は春夏秋冬、一年に四回はっきり「変態」する。それは化粧品会社やモード界の攻勢、もくろみ、しかけ、戦略、それに先導されるというより、自然発生的に、うつりかわる「自然」がそういう気持ちにさせる。秋は茶系やおちついたアース系の色あいをもとめ、冬は黒もしくはあたたかそうな色を身にまといたくなり、春はあわいピンク系やパステルカラーに手がのび、夏は目にもまぶしい真っ白やみるからに涼しげな色彩にひかれ、と自然界の色を模倣するように。

そして、なによりいちばん我々におちつくスタイルそれはやはり和風ではないか、と思い出すように思うのが夏。夏になると原点にもどる、日本人にたちかえるように。洋風は（ほかの季節にはそうでなくても）この高温多湿の国にはしょせんは借り物、合わない、暑苦しい、しつこい、この季節はさらりとしたものこそ良けれ、と（清少納言ではないけれど）。

わたしのむかしからのあこがれは木造平屋の風がふきぬける家。縁側と物干し台のある、瓦屋根の日本家屋。そんな家に住めたら、日々そういうところですごせたらどんなにいいだろう。谷中あたりは、何十年とかわらぬそんなたたずまい、むかしながらのくらしぶりを守っているそうした家々がまだまだ残っているという。風を通し日差しと人目を婉曲にさえぎってくれるすだれ、さわやかでひんやりした感触の竹の縁台、どんな履物より足に心地よくアスファルトにも涼しげな音を響かせる下駄、やさしい音色で涼風を感じさせる風鈴、実用でありながら優雅さをかもしだす扇子、団扇、蚊帳、なかでも蚊帳は、わたしがちいさい時分はどこのうちにもあるのがあたりまえの、夏にはかかせぬ日常の道具であったが、いま、洋風の家に住み、ベッドのくらしになって、つかわなくなってみてはじめて、その良さに目がひらかれたもののひとつ。こどものころ、夏休みのあいだ、目をさますのはたいてい、母が蚊帳をたたみにきてたてる、カチャンというかすかな金属の、吊り輪の音だった。わたしと妹は、だんだんとたたまれてゆく、そのうすあおいうすみどりの透ける布地のなかで、漁師の網につかまった魚の気分で毎朝、両足をのばしてはふっくらまあるくさがっている蚊帳の天井を、はしゃいでつっついたりしながら起きるのだった。

むかしはよかった、というのはとしよりのくりごと、所詮、変化についてゆけぬひとのぐちでしかない、といった意見もあるがそうではなく、いいと思うもの、気がやすらぐものを追っていったら自然と古いもの、日本古来のものとなることが多い。

フランソワーズ・モレシャンが、いまでもときどき谷崎潤一郎の『陰翳礼讃』を読みかえすと語っていたが、たしかにあの一冊は単なる復古調骨董好み懐古趣味でなく、本当にいい美しい心やすらぐ日本の風土にあうとはどんなものどういうことか、という卓見と示唆に富んだ、不変にして普遍の価値や魅力を教え気づかせ思い出させてくれる書（もっとも、日本の厠にはつるつるしたタイルなぞ絶対にそぐわぬ、と書いていた谷崎自身、いまの日本に生きていたら、失望絶望で筆を折りたくなったかもしれない）。日本のなかで京都京都、と草木もなびくのは、ほかの都市にくらべればまだしも「むかしの日本」が温存されているせいだ（それもいまではきわめて危うい状況だけど）。

パンフレットのなかには、ふるいそしてひどくなつかしい風情の谷中の民家のまえに立つ、こざっぱりと浴衣を着て素足に下駄を突っかけきんちゃく袋を持った女の子の写真や、浴衣の着方とそれにはえる薄化粧すっきりした簡単なまとめ髪の指導、その他日本手拭い、黄楊の櫛、風呂敷、それらを商っている老舗など、なんページにもわたって日本情緒が横溢。商品はうしろにさがりひたすら日本的良さを、いまはたいていの町で失われてしまったそれらを探しだし、愛着の視線でとらえていた。もちろん、洋には洋の良さがある。けれどわたしたちが和の文化をすてきれぬように、その国の人間にいちばんしっくりくる、ぴったりあうものが確実に存在し、それは何十年何百年たっても、あんまりかわらない気がする。そう思わすほど、紺白の浴衣にあっさり化粧のモデルたちはひさびさになつかしく奥ゆかしく、そして常になくめざましく美しかった。「ああ、これが本来の日本の女の子、女のひとだった」と感動させるように。

今年の夏、せめてわたしは朝顔市に行きガラスの風鈴のついた朝顔の鉢を買い、自分で浴衣を着るのにチャレンジしてみようか。

私の好きなもの　三

　そのひとをはじめて見たのは、いったい「何」、であったろう——気がついたとき、物心ついたとき、わたしはそのひとを知っていたし、すっかりなじんでいたし、あまつさえとても気にいっていた。その頃のＴＶ画面、歌謡番組のなかでも、そのひとは、ほかの歌い手、どこか手垢のついたようなカシュたちとは全然ちがったういういしさと清新さで、ひとつのマイクを遠慮がちに（けれど真摯な表情と声で）橋幸夫とそれぞれのパートを交互に歌い合い、さらにデュエットしていた。『いつでも夢を』。わたしはまだほんのこどもであったが、清楚で、怜悧さと美しさに溢れた、抜きんでた光輝を放つひとに、（なんてきれいでいい感じ……）とみとれ、さびしさのなかにもあたたかさと夢を感じさせるその歌、唄声を聴いていると、明るい未来、希望の持てる将来、といったものを、なんの疑いもなく、絵空事でなく、信じられた。

　そのひとが、にきびをぽっ、とつくった、はちきれそうに若々しい頬をし、本当にぴったりな、お似合いのコムビだった浜田光夫と、♪北風吹きぬく　寒い　朝も〜（『寒い朝』）のメロディ流れるラスト、土手を競走するように、若いふたりがいきおいよくどこまでも駆け抜けていった『赤い蕾と白い花』。歴代の「薫」のなかでも群を抜いていた、いたいけさ・いぢらしさ・けなげさ・旅芸人の哀れ、そして勁《つよ》さを感じさせる娘であるがゆえ浮かび上がったかなしみと叙情、桃割のかんざしをゆらゆら揺らし、きっぱりした面差しで、乱れた酔客たちの座敷で踊っていた、（郷鍈治の適役ぶりも忘れ難い）『伊豆の踊子』。雪の赤倉、寒さなんか感じさせぬ心洗われる笑顔と躍動感で浜田光夫と楽しそうに作った雪だるま、チンピラやくざと外交官令嬢の、世間から祝福されぬ悲恋、みちゆきのようにふたりは雪深い白一色の世界でたわむれ、コートのポケットから転がり出た睡眠薬の瓶にハッ、と目を見合わせる『泥だらけの純情』。原作の東北を陽光さんさんたる長崎にうつしかえ、そのひとが問題児の女高生を完璧に演じきった、（教師役には裕次郎と浅丘ルリ子）雨降りしきるニコライ堂の裏手で、番傘持った裕次郎の腕にとりすがり「先生、恵子のこと好き？　好き？」こちらの胸が苦しく切なくなってくる、必死の、ひたむきな面差しで何度も何度も尋ねていた『若い人』。

わたしの脳裏には、こんなふうにたちどころに浮かんでくる。そのときどき光の当たった面を、ちがった色合いで、プリズムか多面体のようにそのひとが演じてみせた、こころよいおどろきとたのしみを見ている側に与えた、いくつかの、いくつものシーンがつぎつぎ。

なかでも『若い人』は忘れられない。（裕次郎から「ぼくには橋本先生（ルリ子）が必要なんだ」と告げられたあと）最後の場面、終幕近く、主人公が、波止場の突端、岬の先に、白いパラソルをゆるゆるとまわしながら立っている。そうして、カメラがその顔を映し出すと、虚空をみるような、いや、どこも、なんにも見ていないような、そのまなざしの底知れぬ哀しさに、胸を突かれる。茫洋とした海、光がそそぐ南の海に顔を向け、頰にひとすじなみだを光らせ、放心したような表情で佇んでいた彼女の姿が、数ある魅力的なヒロインのなかでも、痛切さにおいて忘れることができない。

吉永小百合——おそらくその名こそは、もっとも日本人の心をかきたて、琴線をゆさぶる名前ではないか（それこそ、いろんな人のいろんな想いが、あの方のところに集まっていますからね、と高倉健も語っていたが）。父が日活の映画監督であったがために、わたしにとっては、映画館、その暗闇というものに対し、なみなみならぬ愛着、親しみ、近しさ、親近感、がある。胎内、みたいなその闇（といってもいまは消防法、かなにかでむかしよりはるかに暗くない、それがとても物足りない）、その場所こそもっとも心やすらぐ、お気に入りのエリア、テリトリー、スペース、状況、場所（げに、決定的《オソロシキ》は幼児体験）。父の作品は欠かさず観にいっていたから（はじめての記憶は『牛乳屋フランキー』）、きっと併映作としてあるとき「小百合ちゃん」を観たのだと思う（あの時分は、かならず「二本立て」で）。おそらく『美しい暦』、風光明媚な、どこかのどかな田舎町、地方都市でお話が繰り広げられる、いかにもたわいのない「一本」、自転車に乗っているおさげの女学生姿で（若く美しい教師が芦川いづみ）、吉永小百合という存在を知ったのだと思う。

ところで、わたしは本来元来、演技派、には、それほど重きを置かない人間だ。勿論、いてくれなくては困る。練達の役者、それは、重要な、大事な、大切な、欠かすことのできない要素であるが、彼らの本領は、その「本分」ともいうべき劇場芝居を除けば、少なくとも映像世界では、作品自体を引き締め、全体に深みを与え、ときにはどうかすると未熟だったりする主役を助ける、なにより香辛料の役、と信じているから。そして主役、それは、その彼女なり彼なりが動いたり喋ったり、極端にいうと、ただそこにいるのを見ているだけでこよなくよろこびを感じる（感じさせてくれる）、そういった傑出した魅力のあるひとが本来あいつとめるべき、と信じて疑わない（だがいま、そういう俳優そういう映画が、あまりにも少ない）。その頃の日活映画を観ると、多くは劇団民芸の人々（滝沢修、宇野重吉、細川ちか子、北林谷栄、その他多士済々）や、森雅之、田中絹代、高峰三枝子、といった大御所ヴェテランが巧みに作品を彩りコクを深め、若手は若手できわめてフレッシュ、そのラインナップはまぶしいばかりに輝き、全体が理想的な陣容、絶妙のコムビネーションをかたちづくっていることに、いまさらながら、あらためて感心、感動してしまった。ああ、何て贅沢な、なつかしくもうるわしきあの時代と。過日、『光る海』をひさびさにTVで観て。そうして、黒縁の、きつい眼鏡をかけ、ちょっとひねくれた口をきく、きわめて扱いにくい、女流作家の卵に扮した吉永小百合の魅力に、また、うなってしまった。

吉永小百合という女優は、ひたむき、一直線、その持ち味は一色、なんて声、決めつけを聞くが、みんなわかっていないなあ、とわたしは不満に思う。もっともっと、あなたがたが知らないだけで、彼女はまったくちがう役もこなせる、さまざまな可能性の高いひとなのに。と、そんな意味合いからもわたしがことさら愛し、ひかれるのが、『若い人』や『光る海』なのだろう。いい子になりきれない、どこにいっても落ちつきがよくない、そんなはみだした個性を演じてそれは秀逸だったし、また美女が演《や》ってこそ、のコメディエンヌ風味も、わたしがことのほか好むもののひとつ。(その二作には、それがスキッと出ている)。わたしは、そういう小百合映画をもっともっと観たい。

私の好きな場所　一

もう一度行きたい——そう思う筆頭は、何といっても、ヴェネツィア……遙かイタリアの水上都市、水の国、ため息と囁きが水面で揺れているようなロマネスクの都、物語に満ち満ちている古色蒼然たるうつくしのクニいにしえの共和国、がまず思い浮かぶが、実は、日本の、東京は、銀座の中にも（また行きたい）とこいねがう、ところはあるのだ。交詢社。私の住んでいる町から、地下鉄銀座線の駅にして七つ目の、銀座はもともと大好きだから、用があってもなくてもゆくのにやぶさかではないけれど、〝銀ブラ〟しても、「その前」は、あの旧い、重厚だが威圧的でない、見るだに心落ち着くその建物のまえは通りすぎても（その店子であるバー『サンスーシー』とビアホール『ビルゼン』には入れても）「本陣」である交詢社そのものの内部には（会員、いや「社員」以外は〝一見さんお断り〟）簡単に立ち入れぬ、だからこそ荒らされず、俗世間とは一線を画した佇まいを保っている。

其処で私は、自分で、自分による、自分のためのパーティを開いた。六月の、まだ梅雨には間がある、ある晩のこと。

いったいに、わたしは、旧い町、旧い建物が好き、大好き。新参のマチや、高層ビルディングなんかはどうしても馴染めなくて、はっきり言ってキライなのだが、そんな私をほっとさせてくれる場所や建築は、年々歳々、少なくなっていく一方。気がついたら十年目。デビューして丁度十年の、たまたま本も続けて二冊出る「バラの季節」（『バラのしたで』の書名に因み）、それを決行する、ことにした。発端、といえばほとんど偶然、ほんの出来心みたいなもの。生島ヒロシ、彼とひさびさに対面していなかったら、思いつかなかっただろう、出版パーティなるものを私が考えたのは偶発的勃発事による。人生に偶然、などというものはあり得ない、存在しない。すべては網の目のように張りめぐらされ、あらかじめ組み合わされ、用意された必然、および必須の出来事、事柄だ、とその日彼の紹介ではじめて会ったバーバラ寺岡は言っていた、けれど。誰かのピンチヒッター、代打で、さる雑誌グラヴィアページのため、彼とひさかたぶりに会っていた。その席だ、不意に私がフラッシュのように閃いて、でもまだそのときは冗談みたいに「イクシマさん、もしワタシがシュッパンパーティをやるようなときには、司会をお願いネ」、なんて言っていたのは。それが瓢箪からコマのような形で、やるならイマ、今年、と思うにいたったのは、翌日バーバラからファッションショーに誘われたからにちがいない。六本木に「栄夢」というアトリエを持つ、デザイナー山田尚希のショーを見ていた私は、その中の一着、シフォンジョーゼットの、ピンクに白の水玉が飛ぶ、天女の羽衣みたいなパンタロンスーツに魅せられ、それが引き金となって一夜の宴を開催することにしてしまった。

オペラ歌手バレリーナ女優タレントなどとちがって、女流、の名こそついても、小説家、俗にいう物書きには、お洒落して、綺麗に着飾って出てゆく場が、それは少ない。

大方の彼女ら、は私みたいにそれを極めてつまらながったりもしていないと思う。ところが私ときたら、ナンデコノワタシガコンナ辛気クサイコトセニャナランノ？　というかすかな憤り理不尽めいた感情が、発作のように断続的に湧く、そんなゴジンであるから、ときおりつまらなくてツマラナクッテやりきれなくなる。

いわゆる文学賞パーティなんかはもう卒業（ヒトのを見にいったってナーンにもおもしろいことなどない、オシャレしたって始まらないを骨身に染み）、そうした場には出ることもないし、自分がいつ受賞するかアテもないわけだから、これはもう自分で企てるしかない、とはっきり悟ったのだ。しかし、人のそういうものには出席したことも何度かあって、たいていのは、当人の自己満足のための、招かれたひとびとが楽しめるものなどあったためしがないこともようくわかっていたから、それは考えに考えた。まず、どこでやるのか？　というバの選定において。マチはギンザ。これはもう迷わなかった。だが会場をドコにするか？　これはすごく迷った。資生堂パーラー、それとも千疋屋？　三笠会館？　いっそのこと、ヒビヤに出て東京会館？　などと（横浜のニューグランドホテルもいいがちと遠過ぎるかと思い）。

ナカヒラさん、コウジュンシャは？　そう言ったのは「今をときめく」、といった具合にブラウン管に出没している、かの志茂田景樹氏。氏は私の会の発起人第一号、でもある。そのとき頭の中でチャイムが鳴るみたいに（そうだ、そうであった）、と。意中のひとを思い出したみたいに私はすぐにアタックした。ところが。初めは肘鉄も同然。「会員の方の御紹介がないと、手前共はお引受け致しかねるのでございます」という。あきらめの早い人ならここであっさり引き下がった、だろうか。ところが私ときたら人も知る粘るタイプ。（それで今日までの数々の「難関」もクリアしてきた）。いや、電話口でさしもの私も途方に暮れ「そんな偉い方は知りません」、絶句し、駄目だわ、と思った。だから「粘った」のはあちらだったともいえる。「いえ、どなたか、きっとご存じの筈ですよ」、二度三度の問答、の挙げ句。ふと思いついて「江藤淳は？」

そのときの、アチラの一緒に喜んでくれたような物言いは忘れられない。「江藤さん、メンバーでございますよ」。その晩、鎌倉のお宅にデンワした私は、電話口に出てこられた氏の「何ですか？」、という怪訝な、不審そうな口調も忘れられない。だが氏は私の「ジツは……」、という事情を聴くと「ようがす」、とでもいった気軽い調子で、快い承諾の返事をしてくだすった、「そういうことでしたらよろこんで」と。そうして「あそこの、大食堂はなかなかいいですよ」、こちらの背を押すような、そんなひとことも付け加え。

当夜、新婦、花嫁みたいに、白い薔薇を髪に飾り、件のピンクの裳裾を着た私は、魅力的な一ダースの発起人達と、場所の威力と、はたまたまことにチャーミングな案内状を作ってくれたマガジンハウスの坂脇秀治君とで、クラシック　エンド　オーソドクス　本物とはかようなもの、と無言のうちにも語っている、押し出しのきいた風格のある紳士、そんな交詢社の中、感無量の面持ちでいた。都合二時間、出席者百六十余人、おかげさまで、盛会のうちに、初夏の夜は、文字通り「夢のように」過ぎてしまった。

そしてふたたび、またあの中に入れる日はいつのことだろう？　などとユメミテいる。

私の好きな場所　二

気候が温暖なところの、海がみえる高台の家、それも平屋。（さらに富士山がみえれば最高）、そういうところに住みたい。

モデルケース、といったらいいのか。ふたりの女性がいる。佐藤愛子。水の江滝子。この御二方はいずれも「嵐を呼ぶ女」（波瀾万丈のドラマティックが身上）。

女は女の、つまり同性のイヤラシサにはさても敏感。媚び、へつらい、お世辞、人工的な愛想のよさ、図々しさ、厚かましさ、小狡さ、陰険、意地悪、計算した立ち回り、などなど。男はわからぬモノでも、オンナは（オンナの眼は）それを看破。（ことに小説家は両性具有。だから、男と女と、両方の目で公平にみている、とうぬぼれてもいるのだ）。そんなわたしからみて、「ターキー」「愛子」には、スケールの大きさ、のびやかな人間的魅力、が感じられる。

わたしは北海道は浦河の佐藤の別荘にいた。山の中腹に立つ一軒家、眺めはまさに、絶景かな。海が見え、山が見え、牧場と馬が小さくみえ、小さな汽車が日に何べんか走る線路が続いている。古来、王様お殿様というのはみな、宮殿やお城を山の上、高いところに築いていたが、目の前を遮るもののなにもない、あたりを一望できる高みというのは、たしかにとても気持ちがいい。ふだん屏風のように建物に囲まれ、窓からみる空もほとんどつぶされているようなところにいるから、ほっと、呼吸も大きく深くなるようで。（もっとも、氏とのホッカイドウでの待ち合わせに、わたしはあろうことかホテルをまちがえる、という大失態をやらかし、目の奥に爛々と金の炎が燃え盛り、頭に角生やした般若の形相になった怒りの愛子が「正しいホテルまえ」で、もうとうからタクシーのエンジンをふかして、という現場に蒼くなり、ゾッとし、胃が痛い思いで大遅刻し到着。「お手伝いシマス」と、フロソージをし、台所でニンジン切ったり、と客というより小間使い気分で滞在）。

神奈川は足柄の、やはりながめのいい、庭のひろーい、TV画面や本ではみたことのある水の江氏宅にも、一度は行ってみたい、と前から思っていた。

一九九三年二月十九日金曜日。赤坂キャピトル東急ホテルは真珠の間。〝水の江滝子生前葬〟という名目の大パーティーがおこなわれた。落語家なんかのあいだではジョークみたいにかつてやることがあった、とか、お葬式なんて縁起でもない、なんてイケンもあったみたいだが、わたしは（こういうのイイ）と思った。涙と悔恨と線香の煙と黒服ばかりの、しめやかなかなしみとわかれの場。死んだひとはカヤの外。（魂がホントにあるならべつだけど）。なんだかおさまりのわるい、そしてひたすらむなしい思いがつきまとう、いくら高価な柩にいれられようが、沢山の焼香客がおしかけようが、豪華な花輪が並ぼうが、生きている者だけの見栄と虚栄と体裁と建前でしかない。それが、愛用の鞍が飾られ、涼しげなターキースマイルの写真が花でズラーッと彩られた演壇中央には、籐製のエマニュエル椅子に、白銀のロングドレスを着たターキー本人がにこやかに坐り、両脇にタキシードやドレスや普通の背広やワンピース（「平服式服礼服いずれでもどうぞ」と案内状に）、思い思いの服装の発起人たち、さらに参列のひとびとがこしかけ、それぞれ知恵をしぼったであろうスピーチ、（いちおう弔辞、というかたち）に耳をかたむけ、笑わせたり、こもごもなにかを感じたり、という一大イヴェント。ここで、本来なら出棺、というわけですが、そのかわりにコジンが退場いたします。司会進行役の言葉に、にこにこしながら、タキシード姿のファンファン、岡田真澄に手をとられ、エスコートされいったん会場をあとにするターキーの、翌日七十七歳を迎えるという松竹少女歌劇、SKD空前絶後の男役、男装の麗人だった（佐藤愛子著『愛子』でも、その類をみない、マダムと芸妓「私の物だ」「イヤ私のモンだ」と取りっこした熱狂的人気を呼んだみずみずしい「美青年ぶり」に、熱をあげていた姉のコトバで「ターキーのパーソナリティーは宝塚より高級なんよ」というのがあり、「ターキーはカッコいいですよ」と愛子氏も）その輝きがいまも歴然とあって、みんな「元気な」ターキーをみられうれしそうだった。第一部の「葬」を終えると、第二部は火の鳥さながら、復活編、うすいピンクのキラキラした上着に着替えケーキカットしたり、というプログラム。

歳をとる、ということは、いかにとりつくろっても、ある種哀れな、さみしいことである。

派手な化粧をしたり、振り袖を着てみたりしても、ああいうのは余計かえって哀しい、と思うわたしだが、両氏をみていると、「そういう感じ」が見事なほどない。それは、いったいナニによるのだろう――、スックと、ヒトリで、大木が、厳然とそこに在る。雨の日も風の日も、というそのつよさによるものだろうか。たとえば、ハゲを必死で隠す男たちがいて、カレラが安物の、一目でバレルかつらをかぶっているのをみるたびに（ミットモナイ、いっそ堂々と禿をだしゃあいいのョ）と思う。ショーン・コネリーにしてもいさぎよく、カッコヨく、男っぽい。その会で、倉本聰、西村晃、秦野章、といったある意味でむつかしい、クセのある、タヌキジイらが「ジブンとミズノエサン」や「オカシイエピソード」について語るときの口調、様子をみていて、どんな動物でもじぶんの意のままにできる、猛獣つかいみたい、とターキー流、その天衣無縫と自然な生き様《よう》、をあらためて思った。

先日、わたしは念願のターキー邸をおとずれた。主はその日、大井松田の馬場に、日活芸術学院の生徒たちが授業のひとつとして乗馬を習う、その現場にお弁当を持ってはやくからおでかけで、わたしは、眼下にゴルフ場が拡がり、山々がむこうにみえる（晴れた日には海と、大島が望める）、眺望絶佳の場所に建つ、ひろやかな平屋の、芝生の庭には何匹もの、忠義な柴犬、甲斐犬、尻尾がまけた日本犬たちが留守宅を守っている、紅葉したもみじや桃の花、竹やぶとチョンチョン頭をのぞかせたタケノコがでている、たっぷりとした空間に身をおきながら、ひとの家であるのに、ひどくくつろいだ気分になっていた。

ヌシとイエというのも、やはり、似ている。

私の好きな場所　三

ひとには、どんなひとにも、ヒトリでいる時間が必要だ。

そんなときの答えのひとつが、わたしにとって、名曲喫茶。この存在は、相当歴史が古い。初期の谷内六郎の絵にも出てきている。若き日の佐藤愛子、北杜夫といった、『文芸首都』の同人たちがシブヤの街を闊歩徘徊していたころ、みんなお金がなくてひとさらのいなり寿司をわけあって食べたりしていた時分から「あった」のが、百軒店（ヒャッケンダナ）の『ライオン』。渋谷に住むようになり、ある日（行ってみよう）と思い立ち、それまであまり知らない、ろくに足を踏み入れていなかった地域に、探索、探訪というおもむきで訪ねてゆき、歩きまわってもみつからず、ひょっと見た電信柱に矢印とその名前が書いてあって辿り着いた（じつは、百軒店と描いてあるアーチをくぐって坂をのぼればすぐ左）。以前は高田馬場に住んでいたが、駅から早稲田と反対方向だったので、「むこうがわ」は、ほとんど知らないまま終わってしまった。その道のマニアや通や趣味のひとのあいだでは有名だった『あらえびす』も、バスや車で通った折りみかけながら、雰囲気のある（古びた煉瓦作りの建物）店、一度入ってみよう、と見たときだけ思い出すように思いながら、とうとうその機会なくして転居。そういうものなのだ。近い、だからいつでも行ける、と思っているところに限って、足を運ばず終わってしまう（ミナサンもゴ経験あろう。いつか今度会いましょうね、とたがいに言い合っていても、そのイツカはついぞ訪れない、ことを）。それに、わざわざそこにゆかなくとも、「こちらがわ」に、オールドクラシックタイプが大の好き、というわたしの欲求を満たす、いまは無き（いや、おなじ名前であるにはあるが、まったくチガウ店）『大都会』という、非常におもむきのある、すぐれたレストランがあったのだ。発祥がミルクホール、という「年代物」で、いまおそらく造ろうったってむつかしい、堅固堅牢な味わいある煉瓦作りの洋館は、降り積もった年月のあとが風格と格調と品格を与え、いやがうえにも歴史を偲ばせ、時がたつほど風情が出てくる、（いつまでたっても青二才、しかも安っぽい建築とは雲泥の差の）ちょっとない建物。暖炉（その時分には使われておらず、置いてあった、これまた骨董ストーヴが冬は赤々と暖を与え）、額縁に入った婦人像数人の立体ブロンズ画、ものすごく細密に凝って本物そっくりに拵えてある帆船の模型、光るブルーやイエロウの熱帯魚がヒラヒラ藻のあいだを泳ぐ、店にはいるとまずその大きな（席の目隠しをも兼ねていた）水槽が目に入る、「ヒナには稀な」、タカダノババにこんな店があるのか、と驚かせるいいレストランだった。当時、わが家は（時代そのものも）つましかったから、たまに、年に数えるほどしか連れて行ってもらえなかったが、「きょうはダイトカイにいきましょう」というクリスマスなんか本当に心躍った。個室があり、二階もあり（奥には集まりのできる宴会場も）、調理場がずっと奥に見渡せる一階手前は、トルコブルーをもっと濃くした艶のあるあおい瓦屋根、その下では、調理人が、鮮やかなミドリの、クリームソーダやソーダ水をつくっているのがみえ。ちいさめの焦茶の陶器に入ったビーフシチュウはことのほか美味しく、味にうるさかった父も、「パパはここではビーフシチュウ」満足そうにたべていたっけ。古い煉瓦、ステンドグラス、木の椅子テーブル、まったく華美ではなく山小屋を思わせる簡素なシャンデリアやランプ、こういった（古き良き）ものたちが、いかにひとにくつろぎ安らぎを与えるか、落ちつける空間をつくりだすかを、理屈でなく、肌で感覚で、わたしは感じていた。当時は出前もやっていて、パリッと糊のきいたコック帽をかぶったコックみずから、うすいきれいなみどり色の洋皿にのった、出来立てほやほやのエビフライなんかを届けた。（それは「大事なオ客サンの場合に限り」、でわたしは、「おお、これはごちそうですな」と客がよろこんでナイフとフォークをとりあげ、満足そうに食べるのを見ていた記憶しかない）。

なべて、日本および日本人に蔓延している、古いもの、歴史ある建築をあっさり壊してしまう「習性」。古さのもつ滋味、価値、それらならではの魅力、そういったものしか与えてくれぬ心地よさ、に（どうしてこんなにも鈍感なのか）と怒りを通り越し哀しさを経由、もうほとんどあきらめの境地だが、やはりそれを鋭く指摘するフランソワーズ・モレシャンの意見を読むと（本当にそうなのに。かえってよその国のひとのほうがわかっている）と思うことしきり。

感覚は裏切らない、正直だ。悪趣味だったり新しがってばかりでひとの感情を逆撫で無視し、いたずらにモダン新奇に走った設計の建造物は、いくら馴れようと思っても居心地悪いし、行きたいと思わない、逆に、気分が落ちつくところは、自然と足がむく。わたしの場合は、それが、圧倒的に古い場所。もうひとつ大事なのは明るさ、というより暗さ。たまに、しょうことなしにコンヴィニエンスストアや、銀行に行くが、ナンナノダロウコノタダナラヌアカルサハ、と呆然とするほど、そういった場所はまぶしい、まぶしすぎて目が痛くなる、異常な蛍光照明が溢れかえっていて、ひどくツカレル。(だから、プラネタリウムにしろ、映画館にしろ、わたしの好きなところは、それとは正反対の、自然光の溢れた処か、絞り込んだ照明、および闇にちかい世界)。まえにはおなじ渋谷にも、もう一軒の名曲喫茶『らんぶる』、があった。(それも109の地下にとりこまれ、まったくちがうものになり果てた)。捜せば、いくらかは残っている。銀座はソニービル裏のやはり『らんぶる』、日比谷はシャンテちかくの『タクト』、新宿歌舞伎町では『王城』『スカラ座』。芝は神谷町のロシア料理店『ヴォルガ』もお伽話の宮殿のようで大好き。それらは、個々や細部はちがえど、昔々の物語に出てくるお城を思わせる非日常感、古びたつくりなど、似ている共通したものがある。だが、なんといっても一番の老舗だろうおすすめは、『ライオン』。ギーッと、音のしそうなガラスドアを開けて入ると、外の、あの目眩がする混雑の渋谷とは到底思えない、おっとりした、時代を遡ったクラシカルな気配が店の隅々に、(なつかしいぐるぐる巻きスプーンの入った)砂糖壺、白いカヴァのかかった椅子、カーテン、すべてにただよい、俗世間を忘れさせてくれる。じぶんの家の複雑なオーディオ装置でCDを聞くのとはまるでちがう、天井の高い、「帝都随一を誇る」全館(各階＝地下も、二階も。今は野暮な消防法で使えぬというが、改正して欲しい)ステレオ音響完備、のうたい文句、真のHiFi、立体音響というのが少しも大袈裟でない、(ああ、やっぱり「音」はレコードに限る、と感じさせる)豊かな音の広がり、バッハやモーツァルトが流れる、適度なほのぐらい空間で、それぞれのコドクを求めやってきたひとびとが、純粋に音楽に耳を傾けたり、理想的なバックグラウンドミュージックで沈思黙考したり、なにか書き物をしていたり、あきらかに疲れをやすめているひともいる、都会には貴重な、ガサガサした雰囲気(ガンガンうるさい音楽と傍若無人なオシャベリ)、がさつなウェイトレス(飲みおわったらすぐさまカップをさげようと待ち構えている)、なんかと無縁の、正調静けさに身を浸せる。音楽療法ともいわれるクラシックの効用、をいつもわたしは再確認再認識する。まだ若い、GジャンGパンの青年がウェイターをつとめ、足音さえひそやかに気をつけ、いまどきめずらしいきちんとした態度で職務を果たしているのに、わたしは、あの『恋人たち』で流麗に画面効果を高めたブラームスの弦楽六重奏曲第一番(第二楽章)、で初めてリクエストというものをし、そのときだけはこころの重荷やさまざまな思いわずらいさえも、消えていた気がする。

貴婦人のごとく……

ちょっと外に出るとキャタピラーやクレーンが唸りをあげ、ユラユラ鉄材を持ち上げている、そんな脇を小走りに駆け抜けながら、どうしてしょっちゅうこんなに工事が多いのか、と思う。街に出れば高いばかり高く威圧的にそびゆる冷たい「新館」、どういう人が設計したのか首をひねりたくなる新建築の数々に、何で東京って、日本ってこんな風なの、と嘆息する。向う、ヨーロッパは石造りの建物だから、旧い物が歴史的にちゃんと残る、その点日本はもともと木と紙の家々、だから壊れても壊されても仕方ない当り前、そんな理屈を聞くことがあるけど、「今みたい」になったのはそれが主なる理由と思えない。この国の気候風土にあった、しっかりした木造は、へたな現代物よりよほど「もつ」のだ。やはり、どこかで為政者、企業人、建築家、その他多くの人が思い違いをしたのではないか。旧きを捨て新しく、より新しく変ることこそ進歩だ進化だ、と。その結果、埋め立てで殺してしまった海や川、コンクリートで三方を固めてしまった川、やたら作った歩道橋、車優先の歩行者ないがしろで遠回りさせられる階段々々のそんな歩道橋やら薄暗い横断地下道を渡らねばほんの目と鼻の先の「向う側」へすら行かれぬ不便不合理と余計な労力、エスカレータエレヴェータを捜すだけでマゴマゴする、火事地震の時おそろしい超高層ビル即ちバベルの塔の群れ。映画『タワーリング・インフェルノ』という〝警告〟があったのに。

それでもまだ、上野にゆくと浅草まで足をのばすとほっとする。昔を偲ぶ何かが他の盛り場よりは色濃く残っているから。銀座も好き。いや銀座こそ私の一番好きな街かも知れない。だから他のところは最初から頭になかった。今は亡き新橋寄りの千疋屋、資生堂パーラー、三笠会館……、老舗が好きな私だからその辺を考え、赤レンガ東京駅の上に拡がる東京ステーションホテルにもつよく魅かれながら、やはり、でも銀座を想っていた。結婚披露宴、ではなくしてデビュー十年目の出版記念パーティ会場。どうせそれをするなら、ありふれた、マンモスホテルの何々の間ではなく、私好みのクラシックな落ち着いたスペース、最もしっくりする処にしたかった。何処にしよう――、と考えていた時、「ナカヒラさん、交詢社は?」、志茂田景樹氏の一言で、そうだ交詢社というところがあった、と大きく頷き、あそこしかない、という思いを固めた。

BARサンスーシー、BEER HALLピルゼン、そのビル一階の店子である二店に入ったことはあるが、交詢社自体に足を踏み入れたことはなかった。関係ない人はお断りの、旧き良き佇まい、風情情感威厳を漂わせている姿を、銀座に出た折に下の通りから眺め、膨らんだ作りの窓を見上げていた。こういうの大好き、と思いながら、無縁無関係の聖域、のような館だった。

まず104で電話番号を尋ね、それから三階大食堂につないでもらい、責任者の竹内さんという方に「実は」、と事の次第を話したら、「うちはどなたかメンバーの御紹介が必要なんです」。「そんなエラい人は誰も知りません」、電話口で途方にくれる私に「いや、誰かきっと御存知の筈ですよ」、励ますように繰り返してくれた竹内さんに、デビューのきっかけを作ってくれた文芸誌の選考委員の一人、江藤淳という名前を思い出した。早速お宅に電話。突然にして初めての電話に「何ですか？」、怪訝な声の氏も「そういうことでしたら」、とそして「あそこはいいですよ。交詢社ってところは今時珍しい、とてもいい空間です。是非おやりなさいな」、に私は（バンザーイ）という気分になった。

本の出版直後で梅雨入り前、六月初旬のその日を決めるだけでも二転三転、準備は大変ではあったが、他ならぬ交詢社、と決まったことがなにより力、味方を得たも同然で、実際会場にひかれて来てくれた人も多かったみたい。「銀座の真ん中にあのような趣のある場処があったとは」「いい建物ですねぇ」、という声を聞くにつけても場所選びは大正解、パーティ嫌いの私が自らプロデュースしてしまったパーティも、ことのほかいい感じにいったような按配。

一冊のアルバムと数々の写真を残し、初夏の木曜の一夜の宴は今となると幻、夢を見ていた一時にも似て、遠い昨日。其処を知ってしまった今、改めて、あのおっとりとした優雅な貴婦人の如き交詢社と、又「何か」で再びあいまみえたい。

川よふたたび

東京もかつては「水の都」であった。ある心理学者の説によると、人は恋におちると水辺にゆくと。そういえば水辺には恋人達がいる。私は、「水辺」と聞くだけで、そよ吹く風がくるような、微風と涼やかさ、何か心がフアーッと解き放たれる感じがする。先だって、京都に桜旅をした時も、とうとうと流れる鴨川を目にした。去年は、時折ゆく浅草の、初めて隅田川の水上船に乗って、幾つも幾つも橋をくぐり、終点の浜離宮まで行った。ただ、いかんせん両側がコンクリートの堤防、そしてそびえ立つ超高層ビルの眺め、と趣はあんまり無かった。以前、フランスへ行った時はバトー・ムッシュ、セーヌ河下りをしたし、初めてヨーロッパ旅行をした時には、テームズ河も下った。けれど、「水」体験でもっとも水際立った、忘れ難い印象を残しているのは、イタリアのヴェニス。列車で、ローマから走ってゆく内、かの地に近づきはじめたら、ポツン、ポツン、と水溜まりのような潟が……その数が次第に増え始め、やがて川の連なりへ、海へと水の分量がみるみるうちに増え、大きくなり始め、文字通り水の都に到着した時の感動は、今も残る。水、水、水、全て水。道路は、つまり水路。TAXIもバスも、だから舟、船。くすんだ、石造りの苔むす大時代的建物の前はチャプチャプ打ち寄せる波。車の排気ガス0の、その名にし負う水の街で、路を歩き乍ら、船に乗り乍ら、橋を渡り乍ら、行く道をさえぎるもののない、そんな解放感、街歩き、散策の心地良さを、生まれて初めて味わった。ブラリブラリ、これが本当の散歩なんだなあと。車におびやかされることのない自然な歩行は、なんていいんだろうと体も、心も楽になった。又行きたいなあ、ヴェネツィアへ。それも、華麗なカーニヴァルの頃にと、これを書き乍ら、久々に思い出してしまった。終の住処は、双六の上りのようにヴェネツィアにしたい。何故でしょうね、水の傍ら、川なんかに行って流れを見ていると、とても心が落ち着くんですよ、水辺が恋しいんだな。これは、やはり、人が母親の羊水の中にいたからだろうか、と云った男がいるが、その頃はへぇ、とおもった位で、別段私の中に水に対する特別な思いみたいなものはなかった。それがどうだろう、このところの郷愁、ここ最近の、私の川に対する感興、親しみ具合、懐かしみ深さと来たら。

去年の夏、雑誌の仕事で、東京クラシック探訪、というのをやった。これは真に私にうってつけの企画。どこを訪ねようか、と限られた幾つかの候補(左様、殆どの〝旧式〟は日本人特有の恬淡さから、あっさり壊されたり無くなっていて、嗚呼東京クラシックの短命薄命さよ、と溜息が出た)の中からピックアップした中に、柳橋があった。昔は川縁に柳がしだれ、木造の料亭料理屋が立ち並び、聞こえくる三味線や小唄、下の小路では夫婦の新内流しが歩きもしたであろうそこは、行ってみたら、金属製の味も素気もない鉄橋、有名な料亭はビルの中、わずか橋の畔に「昔を偲ぶよすが」、といった風情で一軒の佃煮屋が店を構えてはいたけれど、昔を知らぬ私にも、その激変ぶりは見てとれた。けれど、写真撮影の為欄干にもたれ、川風に吹かれ、下にたゆとう釣り船や向こうに拡がる大川を眺めているのは、心地良かった。次に浅草ゆきが控えていて、それは車で行ったのだが、このまま水路を、水の道を舟で行ったら、どんなに気持ち良かろうかと。昔々その昔、日本は、東洋のヴェニスと云われるほど、川があちこちに、掘割も多く、銀座あたりも品物を乗せた船が往き来し、商売の多くも水路によっていた。潮干狩りにゆくのに、川から舟に乗り、ずっと先の海まで出て行った、とかうちの祖母など、簞笥嫁入り道具その他、何隻もの舟で利根川を上っていった、と聞くと、その頃に生まれたかったと思う。だって今は、日本橋に行ったって、どこが日本橋？　と思うほど高速道路が暗く影を落とし、景観を台無しにしてしまっているし、第一殆どが埋立て、昔を偲ぼうとしても何も無し。私は、毎度銀座へ行く度に思うのだ。味気ない、疾走する、元は川だった路をゆく自動車の列を見乍ら、何てこうも街を不細工に毀してしまったものかと。こんな現代からは三島由紀夫の情緒ある名短編「橋くずし」の如きものなど、最早絶対に生まれませぬもの。

分からない

絶対に、一生ワープロなんか使わないからね。ついこの間まで、高らかに宣言していた。引っ越してからオーディオ？　ステレオのセットが新しくなって、以来音楽に親しみ難くなってしまった。やたらに、押すところやレバーが、飛行機の操縦じゃあないけれど（そんなのはちゃんと見たこともないけど）複雑機構、計器類がたくさん並んでいる、黒の、無機的な四角い幾つもの箱、が家の備えつけとなってから、82・5メガヘルツのNHKFMだけはいつもの調子でパッ、パッ、勝手知ったるように操作し聴けるが、それ以外のこととなると、毎回説明書を取り出して読まねば、いや読むこと自体が私にはシンドイ。どうして説明書ってあんなに分かりづらいのか？　そしてそんなくだくだしい説明書きをつくらねばならない難しいキカイをメーカーはそろえるのだろう？　何でこんなややこしいのを買ってきたのよ!?　家族にいったこともあるが、これがいちばんカンタンなほうだったのよ！　混んだ秋葉原に行って、何十とあるなかから選んできたのはダレ!?、という発言の前には、黙るしかなく。

しかし、レコードがなくなってしまったこと。それはほとんど暴挙、ファッショだ。選べな

ミナサン、あんまり聞かないが、という私みたいな声をあんまり聞かないが、嫌い！　厭《いや》！　い、なんていう世の中は

ああいうのもあったって構わないが、CDになじめたのか、不思議。ああいうのもあったって構わないが、レコードというもの、断じてなくしてはいけなかった。今からでも、復活してもらいたい。実にシンプルで、優美なスタイル、忘れもしないVICTOR、その当時思い切って買った贅沢品《ぜいたく》、という趣きのステレオが三十何年前家にきて、それが現役である間は、おもむろに針を、大皿小皿、LP・EP盤に落とし、音が生まれ、流れ出てくるのに耳を傾けるのは、全く「音を楽しむ」ひとときだった。

分からない！　分からない！　分からない！　物理図形数式に苦しみ、自分は頭が弱いのではないか、パーではないか、と暗澹《あんたん》たる、絶望的な気持ちになった中学高校時代。その悪夢の再現のように、これでもかこれでもか、もっともっと一方の、ジャパニーズ微に入り細にわたっての先端技術的電化製品は、私を悩ませる。それなのにひょっとして。そんな一縷《いちる》の望み、万が一の可能性に賭けるように、もしかしてワープロというモノをやるようになったら、書くことが快楽、とまでいかなくとも「苦」ではなくなるかもしれない、とふっと、出来心のように買ってしまった一台が、今、机の上にデン、とある。ガイド、マニュアル、ハンドブック、という五冊を「お伴に」。

●●

分からぬままに……

デジャ・ヴュ――このふしぎなことばをはじめてきいたのはもう、ずいぶんまえだ。いまではよくみかける、知られた単語だが、これがいったいなんであるのか、どういうことなのか、はっきりした説明をきいたことはない気がする。既視体験。輪廻転生を信じているひとの口からは、それは「前世」であったこと、その記憶、とされているようだが、それもすんなりとは受け入れがたい。ひとは死んだらそれっきり、ではあまりにさびしいが（「ひとは死んだらごみになる」といった検事総長ではないが）、死せば、死体という物体になり、焼かれ、カラカラの骨片になってお墓のなかにいれられる、土にもどる、という、生命の終焉にであうたび、お墓まいりや法事にゆくたびに、生きているあいだはいろいろあっても、けっきょくは、つまるところ本当にむなしい、とふかぶかと感じ、霊魂、生まれ変わり、などというのは、親しいだれかや生き物に死なれてしまった人間が、あまりにやりきれなくてつらく、みずからのこころの平安、なぐさめを得るため考えだしたにすぎず、じっさいはみごとなほどからっぽでなんにもないのかもしれない。と思いつつ、ときには、いや、そう即物的にはかたづけきれない

「なにか」がやはりあるのでは、と思いなおしたりして、ゆらゆらとやじろべえのようにゆれるこころ、といったところだろうか。

思い出した。ひとは、先祖代々の、その遺伝子を受け継いでいるから、脈々とその血がながれているから、たとえばデジャ・ヴュといった現象は、すなわちむかし、何代かまえの祖先の体験がもたらした、記憶の「刷り込み」ではないかという、そんな説を。こどもの頃からときどきあった。ひととはなしをしながら、ことばを発しながら、ふっと、あれ、いまのこの状況はおぼえがある。これにそっくりな、まったくおなじ場面がまえにも絶対あった、という気がして、それは錯覚なんかではなくほとんど確信に近く、だからコレは再体験、二度目、「こういうシーン」があるのを自分はあらかじめ知っていたらしい、とどこかで納得している。とはいっても毎回若干の「妙さ」、にとらわれるのは相も変わらず。夢でもたまに経験する。夢のなかにでてくる場所を、ああここはまえにもみて知っている、と眠りのなかでうっすら思うのを。

デジャ・ヴュ、それにであうと、ふだんまるでわすれている、ひとの神秘、生きていることの不可思議を、ついとたちどまるように、改めて思う。

●● 私の一番したいこと

生涯教育――このコトバにはイロイロ感ずるところが、ある。実はそれは船旅の記憶、と結びつく。それをうたっている組織の（お稽古事ブネといったほうがいい）「香港クルーズ」に私は、船旅雑誌の依頼でエッセイを書くため乗り込んだ。中高年がほとんどの、憂き世のあれこれを離れ、ゆっくり船でもって旅、しながらの洋上スクール。その間、自分のしたい講座を取り講習を受け、いわゆる「学ぶ」、それが〝にっぽん丸　十何日間の旅〟だった。「はじめての船旅エッセイ」を書かんがため部外者として乗った私は、ひねもすのたり式の優雅な船旅、を当初思い描いていた私はそれとは全く違う、朝早くから、お昼やお茶の時間を挟んで、あっちへドドー、こっちへバタバタ、という具合に一人何講座も取って熱心にマナブ集団に圧倒され、シーンとした甲板の長椅子に凭れては、なんだかジブンだけさぼっている、ような罪悪に似た気分すら感じることがあった。長じてからは大のお稽古事ギライを自認。もう散々、小さい頃ピアノヴァイオリンお絵かき英語他やらされ（好きだったのはバレエだけ）高みの見物、傍観者、を決め込んでいた私が、今はナニかを探している。

妹（素美《スミ》）と三女ドン子丼《ドン》（七月十日ドン子の誕生日に）と

高田馬場の家にて二代目柴（三河柴）ハナちゃんと私

第二章……

犬ほどかわいいものはない

祖母から受け継いだもの

写真は昭和三二年頃、〝祖父母の郷里〟高知へ行った時の一枚。トレードマークだったベレ帽の父は若く、気鋭の映画監督として打って出ていた雰囲気が良く表われている、白黒《モノクロ》でも分る真赤な口紅の母は、日活プロデューサー水の江瀧子《ターキー》から貰った愛用のナイロンスカーフ、四つか五つの私は幼く如何にも罪がない、祖母は腰迄あった長い髪の毛をいつもそうだったように髷に結い、家来だったという人のお墓の前で、どこか愁いのある面差しで佇んでいる。そうなのだ。大抵、祖母はこんな風に憂鬱そうな顔をしていた。晴れやかな、一点の雲も無い笑顔で写っているものは見当らない。それでも、祖母は友達の多い人だったらしい。似た年代の婦人達と自宅で相集っているスナップの数々、お葬式の時それらしい人々がかなり来た。白系ロシアの血が混ざっているかと思うほど色が白く、薄茶色の瞳をしていた祖母。口数の多くない、と云うより口の重たい、余計な事などまず云わぬ祖母が、父と一緒の時はほんの少し饒舌になり、能面の如き、感情を表に出さぬ、表情の読みとれぬ顔が、微かに上機嫌の色をちらっちらっと浮べているのが、子供心にも印象的だった。可笑しい逸話《エピソード》は、或る日珍しく父から「珈

昭和三十二年頃、故郷に錦を飾った土佐二世の父・中平康《コウ》（映画監督）と祖母（中平→高橋俊《トシ》）。母（壽《ヒサ》）と私

琲飲みに行こう」と誘われ連れ出され、母子で黙ーって珈琲一杯前に何時間も喫茶店で過ごした挙句（「アタシは気が気じゃなかった」と後日母に語ったらしいが、父はペエペエの助監督だったからそれはいつもの事）「ちょっと寄る処がある」とそのまま母の家へ連れてかれてしまったと。「こんな恰好で」と祖母は慌てたらしいが結婚前に「普段のままの母親《オフクロ》を見せる」父の作戦。

毎年元日、一族皆で年始にゆくのが恒例で、祖母は火鉢に手をかざしている父の傍で、父にだけ特産の立派なウルメ鰯を焙って食べさせていた。或る時、二人で話をしていたと思ったら父が突然「ナカヒラの家はまみちゃんが継ぐんだからね」、小さい私は理不尽な思いですぐさま「やだ！」、父はむうっと不機嫌に。中平家の一人娘だった祖母は、その姓を父に継がせた。大酒呑みの曽祖父《ひいおじいさん》が身上を潰してしまったとはいえ、いい家《うち》のお姫様意識が色濃くあった。同郷の農家の生まれで上京し洋画家となった祖父との結婚は、優秀な画商が付いて良い時もほんの束の間（彼は一年で死去）あったにせよ、絵描きの妻の生活は、不如意な時期が多かった。「こんなイエにお嫁にくるのじゃなかった」、死ぬ前に洩らしたという一言。忘れられないのが、母に軽い口答えした幼女の私の頬を、居合せた祖母がギュウとつねり上げ、泣いても仲々離さなかった場面《シーン》（思えばどちらの祖母もキツイ人《ひと》達）。

とっつき難い、何処か怖い女性ではあった。が私の気位、プライドに、妹の気質、顔立ちに紛れもなき血を感ず。

●●

数学が苦手でも

「パパは造船技師か数学者になりたかった」「広中平祐さんなんかみてると、あんなふうになっていたかも知れないと思ったりするよ」、父がレストラン大都会（ミルクホールから発祥した煉瓦づくりの本格的な、とても風雅でクラシックな高田馬場随一の素敵な店だった）で焦茶色のココットに入ったビーフシチュウを前に言ったのはもう四十年も昔。わたしは今も思うことがある。パパも映画監督なんかでなしに数学者になっていたら、平安平穏な人生を送って、まだ生きていたのではないかと。

理数系が得意な父（それは妹に受け継がれた）と違ってわたしはというと、算数はまるで駄目。小学校低学年でもう躓いていた。時計の読み方が、いくらどう説明されても全く理解できず、母は（この子は低能ではないか）と情けなさそうな顔になり苛立つし、本人はもっと深刻。時計が読めないようではこのさき生きてゆけないのでは、といった気になった。高野《こうの》万平という担任は、生徒ばかりか父兄にも人気の高い人で、今思い返しても一番なつかしく好きな先生であるが、みるにみかねて授業で使っている「時計のハンコ」を家に持ってきてくれた。その後よその学校に移られ、早くに亡くなってしまったが。バンダナをした数学者が、いくら「算数はおもしろい」「数学はうつくしい」と熱く説いても、（そうかナ）と首をかしげる。長じて中学高校の図形数式では赤点もとった。授業は真に憂鬱だった。

興味や関心のないことにはポカ～ン、という性癖はいまも変わらずで、頭の中が論理的にできていないのだろう。映画や小説でも、あらすじやストーリーよりディテール、細かい描写や表現に気をとられているせいか、こみいった筋だとしばしばわからなくなる。ほとんど感覚だけで生きているのであろう。であるから、今もいつの世にもきっといるに違いないわたしのような子供が学校の算数の時間をいかに気重に負担に感じているか想像に難くない。そうした生徒というのは（この世に数学なんてものがなければどんなにいいか）、と心の底から思っているものなのである。食事ではキライな物（たいてい人参やピーマン）も食べなきゃ駄目、偏食はいけません、ということになっているが勉強はどうなのか？

そんな人間でも「このこと」、と思うことのためなら異常に熱心にまた集中して取り組む。動物好きの父の影響でわたしが生まれたときから家に犬がいたが、父の死でそれも途絶え。わたしは鬱病に。いま病が軽くなったのは、ひとえにまた、三代目の犬と暮らしているおかげ。その犬たちが殺されぬ世の中に！　と、さきの選挙に出た。「数学よりむかない」とハタから言われたりしながら。

高田馬場の家で初代柴犬ポンちゃんと父と私

まぼろしの本屋さん

この原稿の依頼を受けすぐ思いついたのはあの本屋さん、名前が分からない。知っていた父も、とうに鬼籍の人。

外国、ヨーロッパは、そんなに街が変わらない。十年くらいたって行っても、おなじ店がおなじ物を商っていたりする。日本では、簡単に建物を壊す。いや、あの頃はそうではなかったが、いつか消えてしまった、いわば、幻の書店。わたしはあの時分、いったいいくつぐらいだったのだろう……幼稚園時代だろう。わたしの髪がまだ長かったから。あれはおそらく、昭和三十二、三年。当時住んでいた高田馬場駅前にはパール座という日活専属館があった。脚の長い裕次郎ポスターと、中で彼の映画を観た覚えがある。

父の読書のほとんどは、ハヤカワミステリ、だった。旧制高知高校時代の師が家へ泊まりに来て、「もっと、ほかのものも読んだほうがいいね」、と言われたら、露骨にムッとした顔をしたと母。

そのときパパは和服を着ていた。わたしは、一緒にくっついて、その、パパ御用達である◯

○書店に行ったのだ。そう広くない縦長の店内は、ぎっしり客が入っていて、奥の中央に、なかなか貫禄のあるふっさりした白髪に着流し主人が、銭湯の番台のように坐っていて、「や、先生」と挨拶、ふたりでなにか話していた、そのオンリーワンの記憶が忘れられない。それがいつしか、映画館も、その本屋も無くなり、父も家を出ていってしまった。
いつか、向かい側の、もう少し駅に近いところに、いちかわ書店、というのができてウチはその顧客になった。ある時期までは配達もしてくれ、なによりツケで買え、三％引いてくれたっけ。

渋谷に引っ越してもう、タカダノババにわざわざゆくことはなくなり何年も前、久々に行ったらそのいちかわ書店も（甘納豆の〝花川〟という昔からの旧い店も）消え、浦島太郎の如く茫然。「もう縁なき町」と知らぬ店ばかりの商店街を歩き無常（無情）の風に吹かれた。

当時、親切にしてくれた店長さんは、いまも何処かでお変わりないだろうか。わたしのデビュー作『ストレイ・シープ』がその書棚に並んだのも、もう昔日のことになる。

父といっしょに歩いた道

道、というと浮かぶのが、高田馬場に住んでいたころの、幼い記憶。

渋谷に住んでいる今も、そして昔も、わたしは、家の前の道が広いところに住んだことはなく、小さなクルマがやっと通れるくらいの路にしか縁がなく、それがわたしの些かのコムプレクスになっている。だからわたしは、屋敷町にゆくと、その悠々とした広い道路の両側に拡がる家々を見ながら、こういうところに住んでみたいものだ、と思ってしまう。

父といっしょに暮らしたのはあまりにもみじかい時期、八年あるかないかだが、わたしがやっとひとり歩き、歩き出せるようになった時分、珍しく、いっしょに散歩をしている写真がある。まだ草ボウボウ、空き地がうんとあった近所の土の道を、黒いベレー帽をキュッと斜めにかむった父のまえを、ほっぺたの赤いわたしが、おぼつかぬ足どりでトコトコ歩いている。しあわせ、というものをイメージするとき、わたしには、その光景がすぐに思い浮かぶ。母といっしょのその時の写真もある。父と母が互いに写真をとりあった、それは、まだ家が、家庭が、家族が安定していた時代の、貴重な、あまりにも貴重なスナップ。家は、父の派手な金づかい

六本木瀬里奈で父母妹と私「うどんすきの夜」

で苦しかったが、一応家庭は安穏とし倖せだった。

毎朝、日活から迎えのハイヤーが来た。何しろ狭い路ゆえ、家のまえまで乗り入れられず、歩いて何十メートルかの火災報知機のところで、運転手さんがエンジンを空ぶかしして待っており、わたしは母といっしょに送ってゆき、「いってらっしゃ〜い」をするのが通例恒例だった。パリッとした恰好で、パパがその黒くピカピカに光った車に乗り込むまで、手をふりつづける。雨が降れば、泥濘になるので、わたしは赤い傘をさし、赤い長靴を履いてその細路を歩いた。生まれたときからいっしょにいてくれた柴犬のポン号死したのち、父が買ってくれたやはり柴のハナ号は、仔犬のとき、その道を脱兎のごとく、私と妹が走れば、耳を寝かせ必死の全速力でいぢらしく追いかけて走ったことが、いまだ脳裏にくっきり残っている。犬は、ことのほか土の道が好き。草でも生えていたらフンフンフンフンフン、大喜びで匂いを嗅ぐ。それはいまいっしょに暮らしているやはり柴のドン（丼）子号も同じこと。

あのときわたしと散歩していた父のにこにことした、気楽な、珍しく穏和な顔を、時々思い返す。

父のゲルベゾルテ

煙草を素敵に喫むことの出来る女の人になりたい、と思っていた。いかにも慣れている、自然な風情で煙草を「こなす」大人の女に。

うちには昔、キング級のヘビースモーカー（煙草中毒者）がいた。市川崑みたいに、映画撮影中にも口に咥《くわ》えっ放し、ではなかったけれど。煙草は当時の酒と共に、父とは切っても切れぬ嗜好品、だった。死ぬ前、病院に入院中の父の口から、「お酒は、ほんとは好きじゃなかった」という述懐を聞き、それじゃ一晩に銀座のバーで何万円（二十年近く前の話）というお金の使い方は一体何だったの？　という気がした。しかし、助監督時代の父は、全く下戸でオチョコ一杯で真赤、の人だったという。それがある時期から、グロンサン飲み飲み、お酒を、という風に訓練→変貌したと。父をそうまでして、（ニセの）酒飲みにしたもの、その本当の原因は賞と無縁（評価が不足）だったことがまず一。銀座の水に馴染み、気前よく助監督以下引き連れ、あっちの店こっちの店、と飲み歩くこと自体も、目的だったにせよ。

父が家に居る時は、ほんとに少なく、稀だった。いつだって忙し気に、仕事＝撮影所とロケ。

そしてゴルフ。朝も早《はよ》から。パパァ、とだから珍しくうちに居る時は、周りをうろつき、傍にいて離れなかった。父《パパ》の居る日、それが旗日＝祭日、みたいな趣き。そんな時の父は、いつも指に煙草を挟んでいた。蒸気機関車のように、のべつ幕なし、煙を立てていた。

父は、ベタベタした可愛がり方など一切しなかったし、いわゆるスキンシップも希薄、そして全く気まぐれにしか子供の相手をしなかった。それは例えばこうだ。幼い私が自分から、貧乏ゆすりをしている父のパジャマガウン姿の、膝の上に乗っかったりしていると（重たいからおりて、と言われ数分後には〝下山〟するのだが）、ひょんと、その煙草の匂いの染みついた指で、私の鼻をギュッと、強くつまむ。頭を撫でられるようなことはまずなく、油断しているいると突発的にそれをやられる。クルシ〰〰、ヤメテヨ、ヤダ――と私がおかしな声（何しろ鼻をつままれているから）で、必死に抵抗し身をよじっても、容易に離さない。やっと解放されると、プンプンしながら私は父から離れるのだが、たまさかの休日、又こりずに（忘れて）接近しては、同じ繰り返し。

ポンポンポンポンポン、とポンポン蒸気のように、口を丸《マール》く開けて、右手の人差し指で頬を軽く叩き、ドーナッツ形した、煙の輪っかを次々吐き出す〝芸当〟を、ごくたまに、機嫌のいい時やってみせてくれた。私は驚き、感心しながら見惚れ、寄席芸人の演芸ショーにおけるマジック、に対するように、毎回、手を叩いて喜ぶ。けれど、いつもいつもじゃない。アレやって、と言っても、機嫌の悪い時はダメ。その頃、母も喫煙していた。なかなかさまになってい

高田馬場の家の応接間兼、居間兼、食堂にて母と私

る、煙草を吸うの図、普段着のスナップがある。だから、父のいない時、母が代りに、同じことをやってくれることがあった。ほら、私《あたし》も出来るのよ、と。

フワリ、フワ〜リ、丸い、煙の円環《リング》は、一つ一つ、形が違っていて、いびつなのがあったり、きっかり円形を保っていたり、いくら見ていても飽きることがなく、魅了され眩惑され、オトナって凄い事が出来るんだナア、と感心していた。後年、自分が煙草を吸うようになって、その真似をしてみた。追憶に耽りながら。

紺地に白鳩がオリーヴ咥えたピース、白地に弓矢のデザインのホープが父の好む銘柄だったが、やがて家を出、年に一回か二回、しか会えなくなってから、或る日それがゲルベゾルテ、という聞き馴れない、フイルターのない、楕円形した独逸《ドイツ》製のに変っていて、それは、重く渋い独特の薫り、試しに、一本喫わせて貰ったが、「味」も重厚複雑。自分のような小娘にはとても、と思わせる、一捻りした紳士にこそ似合いそうな大人風味で、病床の、父のベッドの脇の小卓、最後の場面《シーン》にも、その茶系の箱は置かれてあった。

アルバムの中の父

次は、お父さんのことですね——、『ストレイ・シープ』を読んだ人達の何人かから、次に書くべきテーマは父親のことである、と言われ（ハイ）、次の道しるべを教えられた旅人のように私は頷いていた。園児が付き添いの教師のあとをついていくように、編集長が案内してくれるまま、人々に引き合わせてくれる中、私は夢見心地でパーティ会場の中をふわふわ歩いていた。授賞式の夜だった。あの晩誰か、一人の評論家からまずそう指摘されたのではなかったか。まわりの光が強過ぎ、目を開けていても定かに見えぬような幸福感と、目が回りそうな、高いヒールの足元が時折ぐらつきそうな浮遊感、新生への第一歩を踏み出した、身の内から泉が湧き出たような清浄感の中、私は（あ、次の作品のことなんて、もう考えなきゃいけないのか）、浮いた感覚の中に「今後の現実」といったようなものがチラッと姿を垣間みせはしたが、おっとりと頷きながらそうした事柄は、まだ他人事みたいだった。その後誰かから同じように言われると、ええ、きっとそうなんでしょうね、と鷹揚に受け答えしながらも、そんな、書くなんて大変なことはもうちょっと後回し、まだしばらくは甘い蜜を吸うように、受賞の余韻の中に身を置いていたかった。けれど、いつまでも同じような、気持ちのたかまりは続かない。年開けて、作品が単行本になり、〝文藝賞受賞作品　三作同時刊行！〟というポスターが書店に貼られ、見目麗しい装丁に飾られた本が店頭に並べられてから幾らもたたぬ頃、もう気分が沈下の方向へ。だからその頃になると、二作目のテーマ云々、などと言われるともう何だかいやで、うっとうしい気がし、うんざりしてしまうのだった。折角霧が晴れたと思ったのに、今度はまた別の霧に取り囲まれてしまったような。そんな時期が数カ月続いた。今、次のをどうにか書き上げ、私は宿題を果したつもりでいる。

肉親のことを見る眼というのは複雑で、決して私のパパは素晴しい、という単一カラーの一本調子で終始しているわけではない。いくら父と私に似通った要素があり、分る箇所が多い気がしても、どんなに血の上では近しい間柄で、一体感を伴っていても、不明なところは依然として残り、かきまわしても完全には溶けぬ粒子のように、ごく少量ながらもそれは存在している。ただやはり主調としては、肯定の気持ちで臨んでいる。一緒に暮した年数は少なくても、またそれだからこそ父に独特な距離感をもつ子供からの見方が生まれたのだが、父のことは、その奥底にあるものは把握しているつもりでいた。見栄や虚勢やてらいに内包された、弱さや気の優しさや素直さ。だからずれた見方やおかしなとらえ方、違ったみつめ方を他人がしているのに出くわすと、（違うのに）と言いたくなった。最後のところでは信じたいし、かばいたくなるのだ。父が亡くなってからしばらくして、さる中間小説雑誌に父のことに題材をとった小説らしき読み物が出た。新聞広告でその題名と宣伝文句を見、本屋に走り買ってきて読んだが、そこから浮かび上がる父の像は歪んでおり、読後感はひどく気分の悪いものだった。私が書くにいたった理由は色々あるが、それも一つのキッカケになった。ちゃんと自分の口から、真実の父の姿を、つまりニュアンスを伝えたいと思ったのである。

二つ目の小説を書いていて（それは父親と子供達がしばらくぶりに外で食事をする場面）、フッとひどくさびしい気持ちになった。十年近く前のことを思い出したのである。その時初めて父と一緒に銀座のフランス料理店に行った。頼んで連れていってもらったのだ。

食事の幕開けは、ワインの味見で始まる。銀色バケツの中から冷した瓶を取り出し、店の人がまず父のグラスに少量そそぐ。丈の高い、ピカピカに磨き上げられたグラスの脚を持ち、父が口に含む。一呼吸あって、少し腰をかがめている黒服の給仕人に、父が頷き「よろしい」旨を告げる。それからみんなのグラスにバラ色の酒をついでゆく。四人がグラスを持ち上げ、中央に少し寄せるようにして「カンパイ」する。初めてその試飲の儀式を、隣の父のやり方を、その対応の仕方を見ながら、一家の主人たる、男性でなければならない、或いは男の人こそがやるにふさわしいことってあるんだと思った。家ではあらかたのことを母がやっていて、私達姉妹も母も三人共、そうした状態にもう慣らされていた。父親のいない家では、母親のうけおう領域というのが、いやおうなしに拡がってしまう。

その晩のそのシーンで、ハッとそういうことを気づかされたのだ。それに、父はそうした席で、実にスマートに上手にやれる人だったから。もうどんなに望んだって、父がそうして音頭をとるような、一家四人の食事というのはないんだと、原稿用紙に向っていた目を上げ、あらためて一瞬思ってしまったのである。

たまに、自分の幼少時代のアルバムを見る。ちらほらと、父も登場する。まだ三十前の若い父親。嬉しそうに赤ん坊に頬ずりしていたり。赤ん坊が歩き始め、髪の毛が長くなってくると、父の身なりもパッとし、顔つきも、仕事が波に乗って次々とやっていってることがおのずから感じられる、自信に満ちたものになっている。それから何十年もあとの、ことに亡くなる前の病院での父は、人の顔とはここまで激しく変ってしまうものか、と思うほどの変りようだった。その間、そばにいて一緒に暮していなかったから、その推移を身近で見ていなかったせいもあるが、物事の最初と終わりだけ見せられたように、途中それに至る道すがらは私の意識の中では殆ど空白、どうしても解せないという思いが残っている。アルバムの中の父が、私にとっての本来の父の、その残像である。

妹は、私よりももっと父と一緒に過した年月が短いので、また私とは違った父に対しての思いもあると思うが、私は物心ついてはっきり様々な状況を感じ取れる年頃だったから、細部が頭にたたきこまれてしまったように、父の出て行った前後のことが「事件」として焼きついてしまっている。家の中の不穏な空気。騒然とした気配。そして父がいなくなり。私の自我の目覚めは、丁度父の不在とスタートを揃えるように、重なったのかも知れない。どうして？　と

今も愛用の応接セットの椅子で父と妹と私

状況の変化に持っていきようのないやりきれなさを味わい、出て行った父に対して恨みをおぼえ、私は家の中でしばしば荒れ狂い、孤立し、母に手を焼かせる子供になっていた。どうにも埋めようのない心のさびしさを抱え、次第にそれに慣れながら、大きくなっていった気がする。離れていて、滅多に会わなくたって、どこかにいてくれるのと、死んでもう存在しなくなってしまったのとでは、どうしようもなく違う。いつかきっと、互いにらくに話を出来る日もくるだろうと、思っていた。フランクに、自然に、意識せずに話すということが父の前ではとてもむつかしかった。多分父もそうだったと思う。親子なんだから、その溝もいつかは埋まるであろうと、どこかで大丈夫なんだと感じていた。

それが突然目の前に緞帳がおりてきたように、予想もしない父の死という出来事で分断され、本当に、父のない子になってしまったんだ、と直後はぞくんとする思いを味わった。

人は誰しも、早いか遅いかの違いで別れあってゆくわけだが。

生きている間の縁の薄さを、せめて今後は私達をどこかから守り導いて欲しいと願うばかりだ。

●●

母娘三人暮しのバランス

うちの親子関係は、相当変則的、かも知れない。妹は、まっとうにお勤め（一級建築士）をしていて、全体的には至極大人、年相応に存在し、母を色々と助けている。だがこのわたしときたら、ユトリロだったか？　一生母親と暮らしつづけ頼りつづけたらしいさながら、ほとんどおんぶにだっこの状態、面倒をみてもらいっぱなし。

ずっとまえ、ＴＶでキタキツネの番組を見た。そこでは、親、母親離れしたはずの大人になった子ギツネが、あるとき出戻りよろしく帰ってきてしまい、結局母子でまた暮らすことになるのだが（これはちょっとない、非常に珍しい例です、とナレーションが語って）、なんだか、身につまされるところがあった。ひとりで暮らしたら？　家を出たら？　そう、ひとからも雨霰とばかり何十回となく云われてきた。だけど、どうしてわざわざムリを、気にそまぬことをする必要があるの？　と感じてしまう。

文筆業、というもの自体、いまでこそ「まとも」に扱われているが、相当いかがわしい。一種かたぎでない。小説家というものは職業じゃない、生き方なのよ、と佐藤愛子氏が言っていたが、そういうものだからして、セケン的良識だの常識の観点からあれこれ言われることは、四角い小さな箱に身体を折って入れろ、と言われるも同然で、承服承諾納得感得しかねる、出来ないことだらけ。嫌なことは極力やりたくない。そのためのリスクは十分負っているはずだから。生き方、暮らし方ぐらいは、意のままにさせて欲しい。で、わたしは何十年というもの、母のかいな、ふところのなか、ぬくぬくと過ごしてきた。そしていまのところ、この状態、いっこうに変化、「改善」する気配はない。

だが、白状すると、わたしは先の「自分流でいいじゃない」、という気儘な生き方になかなか徹しきれぬところがあり、ことに気力が弱ると妙に深く反省したり、そうでなくてもわたしのなかの生真面目さ、几帳面さが、不甲斐ない、情けない、とどこかでチリチリと思ったりする。

よく、貧しい家から出てきた芸能界の人々が口々に、母のために大きな家を建てたい、と言うのを昔から聞いてはきた。かつては美空ひばりからいまは宮沢りえにいたるまで、父のない(も同然の)母子は、連帯し、なにがなんでも頑張ろう、という上昇志向がみてとれる。かく言うわたしでさえ、多作でないのはひとえに、わたしの気力体力が充実充満し、さあ書こう、という日々が少ないだけ。わたしが十歳に満たぬ、八歳ぐらいだったか、忽然と家を出てしまった父の、ある時期まで多少の仕送りもあったが、映画界の低迷とともに、それも打ち切られ、まさに、女手ひとつでわたしと妹を育ててくれたので、そのことに関しては、まったくもって

（いまも脛を齧っているわけだが）感謝に堪えない。だから、ママに親孝行をしたい、という気持ちはひと一倍あるのだけれど、実行が、なかなかともなわない。

家出後、父は母に「実家へ帰るか？」ときいたそうだ。しかし母が両手にわたしと妹を連れ実家に戻ったりしたら、わたしも妹もいじけて、スポイルされたにちがいない。なによりも、わたしは母の母、祖母との折り合いが、物心ついたときから悪かった。『エデンの東』じゃないけど、肉親で、血がつながっていようと、どうしても気性が合わない、ソリが合わない、性格が合わない、というのはある、確実にある、ということを、わたしは少女時代からの祖母との確執で、苦しみながら思った。どうしてこういうひとが、ママのお母さんなんだろう、と。

父の出奔はこれもよくある話で、女のもとに走ったわけだが、その父が、やはり祖母と合わなかったそうで、わたしにその父の面影をみるのか、「この子はあの男にそっくりだ！」、眉間に縦皺を立てて言い募り、たてつくわたしに「お前みたいなひねくれた子は感化院ゆきだ」と言われ、わたしはどうしようもない孤独感と絶望感で、よく泣いた。その頃、母はというと、小さい、可愛い盛りの妹をだっこし（妹には祖母もベタベタだった）、わたしの味方にもなってくれなかった。さびしくて荒れるわたしを、母自身も、持て余していたのかも知れない。母は母で、困ったことがあっても相談するひととてなく、全部自分でくぐり抜けてきたので（あるときなぞ、ちゃんと出来すぎている図工の宿題を教師に見咎められ、これはだれがやった？と問われ（怒られる）と首を縮めつゝ、「母です」と答えると、中平さんのお母さんは女なのに、ハンダづけまでやる、えらい、と褒められ）、わたしの進路などに関しては、ミスやフライングもあった。それは、ある程度しかたがなかったかも知れないが、みずからの経験から、女も手に職を持たないとなにが起こるかわからない、と苦手な理数科コースを勧め、薬剤師になれと言ったり、結局そんなのは無理と分かると、じゃあどうするの、とピアノ教師になること、音楽学校にゆくことを今度は強圧的に言い始め、将来の輝かしい展望などというものとは無縁に、わたしは、ひたすら憂鬱だった。

で、色々あって、いまこのように文章を書くようなことをしているわけだが、流され、流れた挙げ句の果て、というのが本当のところ、好き、で始まったことじゃないから、きつい・しんどい・やめたい・引退したい・商売替えしたい、と思うことがよくある。そんなわたしをみていて、あの、わたしが十代の頃にはなにがなんでも女も仕事、というふうだった母が違ってしまった。昔は、『細雪』じゃないけど、いいところのお嬢さんというのは、仕事するなんてとんでもなくて、あたしたちの時代だって、職業婦人ていう言葉にはちょっと侮蔑的な響きがあって、それがいまや、仕事女ばっかり、これも、考えてみたら変なご時世よね、と。わたしも、じつはそう思う。仕事せざる者現代の女にあらず、というふうだが、わたしは、わたしの理想は、いいひとと一緒になって、その生活のなかで充足満足したい、それができれば一番いい、というもの（それもまた希有で、むつかしいかも知れないけど）、そんな気持ちとなってひさしい。山口瞳が「はじめて言うことだが、自分のなかに、喰うために仕事して稼ぐなんていうのは卑しいことだ、という考えがあって」という発言に、わたしもどうやら心の深部ではそんなふうに思っているらしい、と感じさせられたが、先日見たTVでも、大島渚がおんなじようなことを言っていて、ちょっとびっくりした。

とは言っても、母は大きな、一応財産家の末っ子に生まれたけれど、戦後の農地改革でガラッと時世が変わり、土地があっても却って苦しい、そんな状況に追い込まれ、戦時中は芋のつるこそ食べなかったが、物のない、食べる物のない苦労をとことんした人なので、やはりそういうところから自立心は芽生えたのだろう。松竹大船ニューフェース試験を受けて入った。それも、家計を助けたかったから、だそうだ。残念ながら目の難病で女優の夢はついえ（どこの医者へ行っても治らず、もう絶望し）、熱心にその間、見舞いに通って来た父と、どうにか眼疾が軽くなった頃に一緒になった、というわけだ。気むつかしかった父との生活のあと、いま、ふたこぶラクダさながら、わたしと妹が相も変わらずいるわけで、ときどき、オ旦那様がふたりいるみたい、と言う。なによりも母は、わたしにとって、一番の相談相手であり、愚痴や不平不満の受け皿となっていて、相当ひどい、きつい思いやいろいろな経験体験もしてきたから、適切なアドヴァイスをしてくれることも多く、その点でもわたしはかなり頼っている。

父との思い出は、あまりにも少ない。だが、五歳違いの妹のことを思うと、わたしより更に少ないわけで、不憫な思いもある。うちの父は珍しいタイプで（世の親族を見よ！）、家族のこと、子供のことなど、世のあまたの父母のように、自慢なんて、絶対にしない人だったが、そういう点はいいと思う（当時は、なんてほかのお父さんたちと違う辛いひとだろうと思ったが）。東大美学科を中退し、松竹の助監督になり、再開した日活に、西河克己監督に頼みこむように志願し（松竹は上がつっかえていて、いつ監督になれることやら、という有様だったので、パパがいなくなったとき篠田正浩は、ライヴァルがひとり減った、と思ったそうだ）、一緒に移り、まもなく映画監督として脚光を浴びることになる。裕次郎の『狂った果実』『あいつと私』『あした晴れるか』、小百合の『泥だらけの純情』『光る海』、宍戸錠の『危い（ヤバイ）ことなら銭になる』などわたしの特に好きな作品群だが、仕事が波に乗っている頃は、滅多にうちにいなかったし（気に入らない仕事はしないひとだった）、そのうち凝りだしたゴルフにしょっちゅう行っては優勝カップを数多く貰い（そのかわり、映画賞とは、とうとう無縁）。だが、わたしは身びいきでなく、父は、もっとちゃんと評価されてよい監督、と思っている。父の監督した「わたし好みの」映画を観るとき、わたしは父がなにをどういうふうに感じていたか吸い取ろうとするように、いやそんなことは考えず、ほとんど一体化するようになってしまう。あるいはまた、古い、古～いアルバムを見るときは、変色した写真のなかの、数少ない、一緒に海水浴に行ったときのとか、庭でいっしょにブランコや三輪車で遊んでいる、そのときに、タイムトリップしてしまうよう（と言っても、わたしはモリマリのような、手放しのパッパ礼賛では全然ない）。

胃潰瘍で入院したと聞き見舞いに行って会ったのも、何年ぶりだっただろう。そして、本当に悪くなる、死の直前、真の病名、癌を知らされた。その頃、朝のTVニュース番組アシスタントを馘になり浪人生活をしていたわたしに父が言ったのは「これは自分でもできる、じゃあ駄目だ。これは自分にしか出来ない、ということをやらなくちゃ」ということだったが、果たしてこれなのか？　わたしはいまだ、ときに首をかしげ、ため息をついたりしている。

母、安定、中流への反発

〃眞實ちゃん、よく頑張ったわね〃裏面に母の字で書かれている三十年前のこの写真を目にすると、私も感無量の思いに捕われる。小学校五年生の五月、私は地元の西戸山小学校から青山学院初等部に編入。それは、ラストチャンスだった。その前、低学年時に同じく補欠の試験に挑戦《チャレンジ》し落ちているから、再度の受験は母の執念と熱意と努力によって勝ち取ったもの。尤も、様々な家庭の子が居た区立、不味い脱脂粉乳とコッペパンから、お祖父ちゃまは何々銀行の頭取りだとか、その他もろもろゴージャスデラックス、家にプールのある子もいる私立への転入は、私にとって、地元では〃お山の大将〃的特権意識を持ったお姫様気分から一気に、コンプレックスの原因となった。自家用車もない、家は狭い、ベッドじゃない、などなどウチの「貧しさ」は彼ら彼女らの境遇とは雲泥の差で、私の自信の源、核、中心であった父ももうこの頃とっくに家を出てしまっていたから。私は舶来の、ジョンソンのバンドエイドやランチボックスにカルチャーショックを受け、当り前の様にパーカーのボールペンなど持ち、バービー人形を何体も持つ、いいトコロの嬢ちゃん坊ちゃん連中の中で忽ち孤立感を味わい、子供心にも、

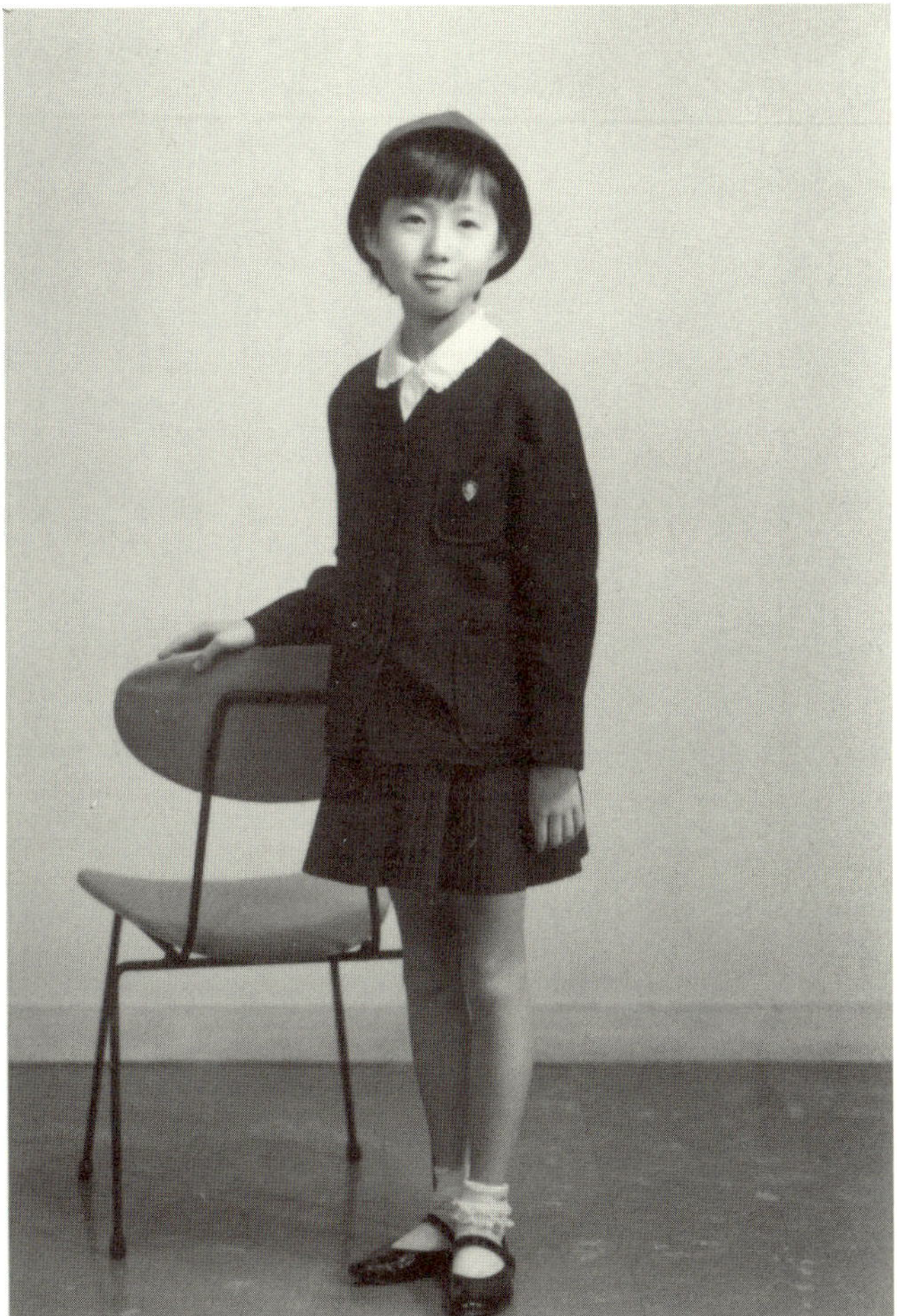

小学校五年生の五月に地元の西戸山小から青山学院初等部に編入

こんなに子供の世界でも違うものか——としみじみ感じた。母は自分自身も家庭教師をつけられ、編入している。それと同じ事を私にもした訳だ。果たしてそれが良かったのか悪かったのか、私には分らない。あの年頃は、ピアノの練習は無論、全てが親の言うなりだったから。

ただ、三十年前の日本、東京はまだのどかだったという思いが私の中には強くある。あの頃に戻って、全てをやり直す事が出来るなら、小林旭の『折り紙人生』のように私は全然違う道を歩き、選ぶ。さすれば、小説家には絶対に！　なっていないし、こうして『マダム』の為の文章を書く事もなかったかもしれない。〽こんな私に誰がした、という唄があるが、その後、ハタチ頃からの私の人生模様とその展開は母の手、その「圧政」から逃れる為のあがき。

三十年前、小説家の肩書きを持つとは、それこそ露一粒も考えもしなかった。

●● ドン子丼のこと

わたしの朝は、ドン子とともに始まる。

オハヨウ、ドン子、身支度身仕舞したわたしは、階下へ下りてゆく。

「アオ（おはよう）」、「アカオ（おはようございます）」、と丼子は迎えに出てきてくれる。超早起き時期のわたしが、四時起きして起きていくときも、ドン子は、眠りをさまされながら、律儀に、ちゃんと、起きてくる。初代ポン号、二代目ハナ号のあと、死なれるのが辛くて、もう、犬は一生あきらめよう、と家族間の、それは暗黙の了解だった。十七年間の空白。それなのに、またまた、三代目の柴犬と出会ってしまった。

テリー伊藤がゴッドファザー、名付け親。正式名称はドン子丼だという。そのせいか、ドン子は彼のことを熱愛していて、うちへテリー子がやってくると、オシッコして喜んで出迎える。わたしたち家族にはしないのに。また、ドン子はトナリの、片岡鶴太郎に似たお兄さんのことも、その奥さんのことも大好きだ。ほかにも、古本屋である文紀堂の御主人、小岩井牛乳の配達の歴代のお兄さん方、ハクヨークリーナーの店長、佐川急便のよく働くお兄さん、隣りのオフィスのアンニュイなお姉さん、隣家のイトコ、その他その他、ダイ好きなヒトがいっぱいいる。

丼子に死なれたらツライな、もうわたしは、愛犬の死に目に立ち会うのも、立ち会えないでその死を見送るのもできない、と思うけれど、運命のときは、また二十何年か後にやってくるのだろうか。

でも、お互いに限りある命。慈しみあい、助けあい、う〜んと可愛がって日々を、一分一秒を大切に、毎日を、残された生を送っていきたい。

そう、わたしはドン子をまさに、愛している。

●● 精神の貴族

私は毎日朝夕散歩する。柴犬ドン（丼）子と共に。散歩コースには、松竹会長の永山武臣、今は三木記念館となっている三木武夫宅も在る。前者の表札を見ると私は、「SKD一日も早く復活して！」という嘆願書を郵便受けに入れたくなる。浅草という土地に育まれ独特のあだっぽさのある松竹歌劇団の美事なダンスとレヴュウは私の生きる楽しみの一つであった。歌舞伎や新派は温存しているのに。私は〝アウフヘーベン〟と題した氏の一文「今暫くお待ち下さい。SKDは必ずや復活します」を一縷の望みとしているのだ。片や三木家は現在開放され元総理の書画と夫人の陶芸の飾られた書斎ばかりか、あらゆる部屋を目にすることが出来る。日本人にはなかなか見られぬスケールの大きさ、のびやかさ、おおらかな気風を、立派だが決して厳めしくはない邸宅の隅々にまで感じる。

必ずゆくのは、大きな会社の社宅の敷地。一応私道だが、通り抜けどうぞの路を犬を連れた人はよく通っている。私の住んでいるあたりは、四六時中どこかで工事の音がし、犬と一緒では猶のこと、スピード緩めず次々来るクルマに絶えず注意をはらっていないと危ないのだが、そんな道路から一歩入ると、土筆も生える小さな土手や、銀杏に紅葉に桜の古木という、別天地のスペースが拡がる。表の排ガスの臭いがツンとするのとは、空気も違う。その一画に屋敷が建っている。大正期に建てられたそれは森コンツェルン令嬢、先の三木夫人である睦子氏が少女時代に住んだ家で、元々の場所から運んで来た。

私は元来、廊下と縁側の有る日本家屋に住むのが夢。それがこの国の気候風土には一番合っていると思うから。そして芝生があったら言うことはない。殊の外その場所を愛し、「行こうか?」と綱を引いても、其処で踏ん張ったり、寝転んでしまったりする井子と共に暫し寛ぎつつ、こんな家に住んでみたい、と眺める。日本的良さの総まとめ、それらを形にした大きな家には、やはり大家族が相応しい。毅然とし、しかしただ怖いだけではない祖父、何処に出しても恥ずかしくない、優しい祖母、一角の人物で、話せる父、優美でありながら、見識のある母、風変わりだったり、跳ねっ返りだったり、器量良しだったり、とヴァラエティに富んだ兄弟姉妹。歳をうんと重ねた人と、程々の人と、若い人と、幼い人と、が醸しだす、幅と奥行きと深さのある暮らし。そして無論、犬達(それも何人も)。

おそらくは封建的、という名の元に、男女ドウケン、ビョウドウといった掛け声でもって、改善した部分もあろうが、それと一緒に間違ったことのように、駆逐され、滅びかけてしまったものの中に、理屈ではない、何か大事な大切な要素が潜んでいたのではないか。厳然として屹立する、時代時流時空を超えたものがもっとあっていい。否、存在するべきではないか。絶

渋谷の物干し場兼露台にて、来てくれて間も無い左四女マギーと右ドン子

対に変って欲しくない、そのままでいい、変らぬ中にこそ良さがある、ということをしきりと感じてしようがない。だって、伝統芸能なんて言わばその極みではないか。お正月、床の間に日の出やめでたい鶴亀の掛け軸など飾り、当主、その館の主がそれを背にして坐り、家族が相集い、年頭の挨拶をし、屠蘇を祝い、雑煮とお節料理を味わう、そんな家族が「昔」は存在した。

私は、かつてのお嬢さん、お嬢ちゃんであった婦人の中に、そんな家庭で培われた美風、を見る事がある。例えば三木睦子氏。お金だけは持ったけれど、という人々には決して見ることの出来ぬ、人を寛がせ、来る人を拒まず、圧倒的なる品格と魅力が溢れ、人を包み込む貫録風格。(あの赤尾敏でさえ、アノ奥さんは苦手だ、と尻尾を巻いて逃げたのだから)。

私は、どんな世にあっても、質のいい、育ちのいい、人柄のいい、気立てのいい、「精神の貴族」とでも言ったらいい品格を求めてやまないし、自分自身もそうありたい、と願っている。

●●犬のために生きる

｛犬を救いたい！
犬を殺さないで！｝これが生きている限りの私の願いであり叫び。犬が好き。いや愛している。犬たちのためにはできうる限りのことをしたい。物心ついた時我家には犬が居た。家庭的には恵まれなかったが、折々のかなしみ不幸を、物云わぬ犬が誰より理解、やさしく見守り、助け励まし支えてくれた。そして、書くようになってから苦しんできた躁うつ病が、犬によって治った。これは画期的なことである。

犬は気高く尊い生き物。アクセサリや洋服のように飽きたから、「捨てる」なんて無責任は許されない。害虫のように「殺す」なんていう残虐非道はあってはならない。警察犬・盲導犬・介助犬・聴導犬・麻薬探知犬・災害救助犬と身体を張って過酷な仕事をしてくれる犬達、家庭犬も日々家族を守ってくれる一番の味方。人間はさみしい存在。しかし犬達と共に生きることにより、人生は奥深く、豊かに、心弾むものになる。子供、病人、老人の自殺も減ることは間違いない。私は、後半生を犬のために捧げる。奈良の鹿、インドの牛のように犬を守りたい……。

犬ほどかわいいものはない

「犬」といっしょに住んでいるひと、住んだことのあるひとならわかっている筈だが、犬はかわいい……とにかく、かわいいのだ。たとえば、外から帰ってきたときのその手の舞い、足のとどまるところを知らずの歓迎ぶり。「犬は嘘をつかないですから」、昔、舟木一夫が言っていたとき（このひと、よほど人間にうんざりしているらしい）、と。その時分まだわたしは厭世的になったりすることもなく、さして人間嫌いでもなく、いまのこどもたちのように切羽詰まった感情になり（もう生きていられない・生きていたくない）、と思うことはなかった。

デビュウしたときの選考委員の一人である江藤淳が自殺したときわたしは（エトウさん弱すぎる）、と最初は思ったが、いやいや、いちばん、そして唯一こころを許しあてに頼りにしていた夫人、という支え、杖、慈母観音にも似た存在がなくなり、自分も健康に自信がなくなったら、ひとは弱いものだ。自死も責められない。と考えが変った。ひとは、そんなに強気一本槍、頑丈頑健タフで、いられるものではない。聞けば氏も抗鬱剤を服用していたらしい。そして死ぬまえに、愛犬を手放していたと。わたしも長らく長いこと薬（抗鬱剤抗躁剤導眠剤）を

ドン子と私（撮影・森田貢造）

服んでいた。いまだって、疲れが重なりストレスがたまり、過労になると鬱が兆す。「ともだちを持つに丈夫なひとは駄目である。思いやりがなく病人の苦しさがわからないから」という、それは本当だ。なんでも自分が経験しないことは、ひとはまるで感知想像できず、やさしいひとことすらかけられない。しかしだいたいいまの世の中の、いっつもゲンキでアカルクなきゃいけないみたいな風潮がおかしい。とても息苦しい。だから、ひとは内心へばっていても、それはしまいこんで、ひた隠しみじんもみせず、演技々々に明け暮れている、そんなひとが多い。

わたしの家は生まれたときから犬がいてくれた。犬は人間みたいに計算演技打算、ずるさというものがない。かわいそうになるくらい一本気、正直一本槍だ。そのありよう、ありさまは胸迫る。犬という生き物は、ひとが犬に対しなにかする以上のはるかにありあまるものを返してくれる。無償、無心の好意、親切、愛情、やさしさが彼らには溢れ滲みでている。犬とひととの共生の歴史はとても旧い。縄文人の柩には、犬とひととが抱き合うようにして眠っているものがある。その姿、仕種、顔をみているだけで、犬はひとのこころをなぐさめ和ませてくれる。大いなる慰謝、がある。ペット、というコトバは好きになれない。愛玩、というはんぱなものではない。当節はガーデニングも大流行りだが、それに熱中している英国人のことを「彼らはよほど人間ぎらいなのだ」、と目にしたとき、まだわたしにはその真意、真理がピンとこなかったが、いまとなるとうなずく。日本も、ここまでになった風潮現象の裏にはそれがあるにちがいない。植物もいい。しかし犬という生き物の、底知れぬ、とてもとてもあたたかい感情が流れているそのえも言われぬかわいさ、なつかしさ、人なつこさ、いとおしさ、そして高貴さには、これまで犬に縁のなかったひとも、「動物はきたない」なんて偏見を不幸にも植えつけられて育ったひとも、あるいは犬に嚙みつかれたりしてこわい記憶のあるひとも、一度「素」で犬に接し、虚心に親しむことをつよく、つよくおすすめします。犬はそれを看破し見抜き、人間以上に応えてくれる。大の犬嫌いか大の犬好きにはよくある話。

こども・若者・大人・病人・老人・いや万人にとって、孤独な「ひと」という生き物に、犬は生きるこのうえもなき力、味方、宝になってくれるかけがえのない存在。

いとしい犬《ワン》のためならば

パタン、ドタドタ、バタッ。自室のドアを開け、朝の廊下を足早に歩き、いそぎトイレへ入る物音気配に（あー、妹が起きた）と寝床のなかでわたし。ややあって、ドドドッ、こんどは階段をおりる音がし「あ、いるいるゥ」、すると「ガウガウガウ！」、〝ドン子丼〟の吠え声が。「怒ってる怒ってる」、そういいながらも妹は風のごとくサ――――ッ、と家をでてしまう。早く起きたときなどみていると、妹が階上から来るのに、わざとドン子はお尻を向け、逆のほうを眺め、お坐りして知らんぷり。だが、行かせまいとし（あるいはほめてもらいたくて）、健気にも残していたゴハンを急に猛烈に食べてみせたりする。それも「バウバウ」、などと怒りながら。それほど、ことほど左様に妹に行かれてしまうのがイヤなのである。彼女は、貴重な休日に出勤したり（さらには学校に通ったりも）しているので、丼子といっしょにいられる時間、「絶対時間」が、決定的圧倒的に少ない。そのかわり、いっしょにいられるときはベタ～ッ、とたがいによくひっついている。

「ブリタ～ッ」「ブリコォッ」「ブリ～」「ブリブリ」、なんてわたしはいいながらおりてゆく

ドン子がもっとも気を通わせる母壽《ヒサ》と

(ジョンはジャック、ウィリアムはビル、と愛称されるように、ドン子は、井子もイロイロと呼び名があるわけだ)。ドン子はもう至極おちついている。玄関の敷物あたりにメランコリーに寝そべり、つまんなそうにながながとのび、あるいは座敷で日光浴。わたしは犬のいてくれるしあわせを感じつつ、元気な日もそうでない日も、神棚に柏手打って拝み、一日が始まる。

この家のなかを犬が歩きまわるなんて思わなかったねえ、と母はいう。そうなのだ。われわれは、犬に近しい親しい感情なみなみならぬ愛情をもちながらも、金輪際犬は無理、と諦観諦念していた。初代柴犬ポン号(父命名)は犬(猫も)好きで子供の頃から犬や山羊や鶏達と過ごしていた父の感化で、動物と縁のない家庭に育った母もしだいに馴染み、わたしが気づいたときにはいつも犬がいてくれたが、十年でにっくきフィラリアで死なれてしまった。父はながい不在、母は盲腸、わたしは大腸カタルで入院という、家人がだれもいないときに(祖母と伯父は立ち会ったが)。帰宅し涙にくれながらなきがらを私はなでて詫びたが、もう犬は、というわたしたちを強引に無理につれだし、父はまた二代目柴犬ハナ号(わたし命名)を求めた。おなじく、日本橋ワシントン犬店で(ドン子もそう。ワシントンで犬を買うなんて贅沢だね、といわれたことがあるがなにごとも幼児体験で犬、というとワシントンという図式が当時は刷り込まれてしまっていたのだ)。こんどはフィラリアは気をつけ(そのころは薬もあった)、だが十四年で乳癌の手術後めっきり弱って死なれた。看病から死にいたるまでまことにつらかったので、もうもう犬は、と家族全員であきらめた。その前年に父も亡くなっていた。

そうして、犬のいない生活が十七年間のながき。だが空虚感は相当なものだった。よその犬をみるとなつかしくて駆け寄り、柴犬の写真をみると思い出し。だがまたしてもあんな悲嘆をあじわうのは、と三人とも感じていた。アンタ、犬欲しいでしょう、わたしは妹にいうことがあり、すると「ワンがいたらしあわせ」と答えはきまっていた。妹はおそらく結婚でもしたら新家庭できっと犬を飼うにちがいない、と思っていた。犬を飼う、そう言ったら首をふって否定し「犬といっしょに暮らす」、といい換えたのは伊藤輝夫（テリー伊藤）。はじめてカレと会ったころ、あのひともいまのような仕事中毒ではなく「シゴトしないで犬と遊んでいたい」、とのたまっていたものだ。きっかけはそのテルオの〝あらいぐま事件〟。ある日、アライグマの赤ちゃんをみた彼が衝動的に買ってしまい、最初は事務所のひとたちも「カワイー」。ところが大きくなって植木鉢によじのぼり、冷蔵庫のハムを齧《かじ》り、ところかまわずフンをし、意外と獰猛なのに、みな閉口。清潔好きなテリーだけが世話をするはめに。糞をトイレに流し、嚙みつこうとするのをひっぱたきながらシャンプー（しかしあのオシャレなひとが、「育児疲れ」の母親のようにだんだんどんどん身なりがひどくかまわなくなりよれよれのTシャツばかり、しかもみるみる憔悴し）。「お願いします、ナカヒラ家でひきとって下さい」遂に妹に頭を下げ（けれど彼女は黙って返事を留保）、みかねた母が、その翌日ザーザー降りのなかアライグマをみに井の頭動物園へ。ハーレムのように、雄一頭に雌が何匹もいたというが、飼育係のおじさんから「奥さん、ライオンだって虎だって赤ん坊のときはそりゃかわいいです。しかし、麻酔銃でも打たないとダッコなんかできなくなりますよ。悪いことはいいませんからおやめなさい」。それでも母は、家の狭いテラスに檻を入れ、ひきとろうとまで覚悟をきめていたらしい。困り果てた輝夫がラヂオの聴取者によびかけ、ひきとり手がみつかって解決したが。

それが呼び水となってわたしは猛烈に〝犬恋し〟となり「犬に逢いに」ふらふらワシントンに（それまでにも、高島屋にゆくと「ふるさとを訪ねるように」立ち寄っては、かわいい犬たちを眺めためいきをついていた）、だがその日休みだったので、こんどは三人でまた。「みるだけよ」と母はいったが、妹とわたしが動かなくなってしまった。そして今日がある。

いとしいワンのことならこうしていくらでもいくらだって書ける。鬱病がワンのおかげで治ったので、文筆もだが、できうる限りのことをしてワンの生命を救いたいと祈念している。

●●

加計呂麻島よりＳＯＳ

♪鳥も通わぬという唄で知られる遙か南、加計呂麻島《かけろま》で初の一人暮し。ミンナは常夏のリゾートアイランドで優雅な休暇休日と思っているがそれと正反対の生活（嗚呼生活！）。だがハブの居る亜熱帯高温多湿の島でも犬達はそれは逞しく健気に野性味溢れ生きている。私はこの地でも（ア〜ア、何処へ行っても）、と人間の鬱陶しさ煩わしさに辟易し乍ら、かわいい犬々々に救われているのだ。

ヤメロヤメロの大合唱だった一昨年夏の参議院選出馬も、躁鬱病を軽快し日々生きる支えとなって呉れている愛しい犬達のためだった。人とも思えぬ飼主や悪質ペットショップその他の犠牲で、税金を使い子犬から成犬に至る迄（人間共の遺棄により迷い犬となり捕獲され収容されてしまった全国各地の動物愛護相談センターという名称の「犬達の最終場処」で犬は三日間しか生かされないのだ）それはもう夥しい数の彼等が毎日々々阿鼻叫喚・断末魔・アウシュヴィッツさながらガス室で苦しみ死に、惨殺されている無惨残酷な所業は人的犯罪だ。その酷過ぎる見過ごせぬ現実に、捨て犬（嫌な言葉だ）を保護して必死に里親捜しをしている人々にささやかなカンパをしたり文章で訴えるだけでは焼け石に水、ゴマメの歯軋り、結局は政治と思っていたからである。

人の最高の伴侶である愛すべき犬達を絶対に殺させぬ世の中に――という当然の事を思い詰めている私は党派・主義主張を超え誰とでも手を結ぶ用意が有る（どなたか妙案・名案をお教え下さい）。

カケロマでの私は（何でこんな処に来てしまったのか）と（いい処に来た）の両極間を揺れ動いている。直行便は一日一回なので早起きし羽田発九時に乗り、奄美空港から二時間近く走り、奄美大島の古仁屋から船で二十五分（この水路はいいの、「旅情」に浸れて）。往路はヨレヨレでやっと瀬相の港に辿り着き。帰りは奄美が夜七時発だから復路はフラフラで漸く夜半我家に帰り着く。手つかずの自然を期待していた身には工事々々で折角の環境破壊の有り様は幻滅失望。診療所は赤字で夜はやっていないし入院設備もなくなったから病気も出来ぬ。フィラリア予防も知らぬ島。犬達の、また人間の為のいい医者求ム。

第三章……いつかきっと王子様が

結婚は遠くにありて思うもの

一度は、と云うか正確には、いつかは結婚してみようと思っている。でも「いつか」が一体いつ頃なのか、全く分らない。本当に、果たしてそんな日が来るんだろうかと思う位、今のところ何の気配もない。結婚は、遠くにありて思うもの。これが現状、実感。かなりそれに近づいたことはあった。それ迄私、「プロポーズ」ってされた事がなかった。そう云うと、えーっ、嘘でしょう信じられないな、とひどく不思議そうな顔をされたり、本当なの？ そいつぁ気の毒に、なんて同情の目で見られ。恐らく私って多分手がかかりそう、扱いにくそう、色々面倒でむつかしそうにみえるんだろうから、されにくいタイプだとは思っていたけど、人からそんな風に云われると、いささか憮然たる気がしないでもなかった。（ホントよ！ もうそろそろダレかそういう人が出てきたっていいじゃないの。どうしてダレもしないのよ！）と。別に、特に結婚したいわけではなかった。とにかくプロポーズってものを、されてみたかったのだ。そんな訳で、男の口からそれらしき言葉を聞いた時は、（ああ、これがそれなんだ。ついにきた。今私、確かに言われた）、とようやくいらした遅い客を迎えた感じ、身の内にさざ波のようなざわめきと、そこはそれ、フーッと満足感が、ドライアイスの蒸気のように湧いてきた。けれどその時、「結婚」というはるか向うにあったものが突然、すぐ目の前に見えた時、ついに求婚者が一人登場という感激的気分が少しおさまった時、逡巡の波が寄せてくるのを感じた。落ち着いてみれば、何だか惜しいような気がしてきた。今迄それほどの男に出会ってやしない。まだこれから、もっといい人、素敵な人に会えるかも知れないのに、自分を「贈呈」し専属契約を結んでしまう結婚に、今飛び込んでしまって、ホントにいいの？　先の可能性を振り払ってと。ただ、そうこう思ってはみたけれど、今が「その時」なのかも知れない、とも感じた。それならそれで、思い切っていこうかしら、と。それなのに何故私がヒトヅマにならなかったか。私のことだから（レストランに入っても、食べる物を決めるのにさんざん迷い、ヒトのが目に付いたり、一度注文したものを『あ、やっぱり冷やし中華じゃなくて焼きそば』などという風）、新婚旅行先から遁走（意外とこれがあるようだ）まではやらないだろうが挙式前日に「やっぱりよすわ」、或いは婚約解消などないとは言えぬが、今回の場合は、私のアゴに手をやり、グイと自分の方へ向かせるように「結婚」をほのめかした男が、一歩一歩バックしてしまった訳で（今ではしなくてよかったと思っているが）当初は、自分から迫ってきたくせに、男の一言もないもんだ！　といやな気分があとを引いた。そうなると、一度は「その気」になったという事が、何とも馬鹿馬鹿しく腹立たしく、相手の顔を見るだけでもおぞましい。相手のだらしなさ、優柔不断、気弱さ、その本性が、その事を機に、まざまざと見えたからだ。それ迄は、困ったマイナス面に関し、私は随分目をつむり、甘い採点をしていた。慌てる事はない。来るまで待とうホトトギス。これが心境実感。勿論、心の底では、強くて優しい男への依存の気持ちは、相当根強く根深いものがある。それはやはり、母一人の大変さを見てきたから。それと、ここしばらく変な男からの執拗な電話手紙訪問攻勢で（警察まで騒がせ）、男の必要性を痛感したし。でも、結婚しなかったからこその成果も、SKD春日宏美・千羽ちどり・甲斐京子を始めとする人々の、磨きあげた舞台姿を見るようになって、感じる。歌劇は特殊な世界だから、結婚と両立させたいとも思ったけど無理なんです、というその一方を選んできた潔さに打たれ、それでこそ到達した高みに、私は拍手を送る。心から。

男に失望した訳ではないけれど、SKDの男役を上廻る程私を痺れさす男、いるのか。

●●

愛しい女と思われたいに決まっているけど

女を「愛しい」と思うのってどんな時？　男性にきいてみた。愛しい女とはどんな女？　と考えようとしても、女の目から見る女は、どうもそのいやらしさの方が目につきがち、拒否反応を起こすことが多い。（好きじゃない）女性の名前なら、女優でも何でもかなり頭に浮かぶが、（いい）と思える人は、水の江滝子、ミヤコ蝶々といった、性別がどうのと言う前に何か広々とした、気持ちの良さを感じさせる人達。結局同性のいやなところというのはよく見えがちなのであろう。だから性をダブって持っている人々（本格的に肉体を改造した人もいれば、外側の装い方を変えているだけの人もいれば、外面はもとのままで喋らせると違う、とさまざまであるが）――彼らはいかに女的要素を持っていようと別種のポジション、そこが、女性側から意外なほど抵抗感を抱かれず、むしろ受けたりしているゆえんであろう。さて先ほどの質問だが――そうだなあ。例えば、好きな女が自分のために一所懸命料理してくれて、それが焦げたりあんまり上手に出来なくて、それでも「オイシイ？」って顔を覗きこんできいたりする。そんな時かなァ――という答えが返ってきた。

ここで、映画に目を向けてみよう。映画、特に昭和三十年代の日活映画には特別の愛着、親しみがある。映画も元気のよい時代だったから、俳優達も、今のTVタレントと全く違った、キラキラした輝きに満ちていた。好きな女優が魅力的ヒロインを演じた作品はその相乗効果でぐんとふくらみ、今も瑞々しい印象を保ち、「私の好きな映画」になっている。それは、キネマ旬報ベストテンなんかに選出されたりする、御立派な、センセーショナルな、画期的な、クロウト筋専門家諸氏に支持されたりする類のものではない。そのあたりのことを言い表すのに適確な、『ひそかな出会いへの期待』という、曾野綾子の文章を引用すると、〝文学というものは不思議なもので、その人その人によって、自分の心にもっともぴったり来る作品との出会いがある筈である。昔から名作として評価され尽して来たものは大きな胸とがっしりした腕をもった男が、同時に何人もの家族をその胸に抱き寄せる図のように、たくさんの人にその宿命的な出会いを感じさせてくれる可能性がある。しかし私の場合は、本当に心に深くつきささるように残っているのは、案外な作品なのだ。〟「文学」を「映画」に入れ替えても、私にとっては同じことが言える。「愛しい女」を理屈で定義だてようとするより、私があの日々、憧憬と親近感を抱きながら観た映画の彼女達、その一端をここに蘇生させよう。

『あいつと私』の主人公、浅田けい子を演じたのは芦川いづみ。その名前が出ると、三十代以降の男の人が「あ、僕ファンでした」ということが間々ある、涼やかな個性の女優だった。彼女と（大学のクラスメート、黒川三郎役）石原裕次郎のラヴシーン――彼の昔の女性関係への嫉妬から、嵐の晩発作的に外へ飛び出した彼女を、自らもその告白をさせられたことで傷口を暴かれた思いの彼が懐中電灯片手に捜しに出る。（アナタなんか不潔よ！　裸になって風や雨に打たれてその辺を走り回って、雷にでも打たれて死んでしまえばいいんだわ！　彼女は激情にかられて叫び、怒った彼は彼女を大木に押しつけ、強引に接吻）その大暴風雨の中のびしょ濡れキッスシーン。彼を好きだから、過去の出来事にショックを受け感情的に喚く彼女に、いささか荒っぽい、けれど一番効果的な「愛情の気付け薬」を与えた一幕で、（互いに憎からず思っていた二人が）その出来事により、グンと（内面的にも）接近したわけだ。

『若い人』は原作と違い、九州長崎が舞台。これは日活ファンなら感涙垂涎ものの配役――江波恵子に吉永小百合、間崎先生に石原裕次郎、橋本先生に浅丘ルリ子――、裕次郎と小百合が唯一本格的に絡んだ、貴重なる一本。『キューポラのある街』も『愛と死の記録』も勿論よかったけれど、問題児の女高生を演じる、彼女のいささかきつい美少女ぶりが、鮮やかで素敵だった。東京に修学旅行に行った折、神田のニコライ堂の鐘が聞こえる裏手、ザーザー降りの雨の中、せんせい、恵子のこと好き？　好き？　裕次郎にとりすがり、顔を見上げ、必死にたずねていたシーン。ラスト近く、彼からルリ子と一緒になる旨を告げられ、目を閉じ、腕に手をかけしばらく歩いたのち、パッと離れ「大丈夫よ」。気づかう彼に明るさで固めた笑顔で別れ足早に去ってゆき。やがて一人、遠くの海を見ながら、白いパラソルをくるくる廻してたたずむ後ろ姿。カメラが前にまわると、放心したように、頬を、涙がつたうにまかせていて、（裕次郎の唄う）主題歌が、やがて大きくかぶさってエンドマーク。

『伊豆の踊り子』。何回も映画化されているが、あの頃まことにりりしかった高橋英樹と、桃割れの踊り子姿が実によく似合っていた吉永小百合のコムビが、一番いい。踊り子が湯殿から裸のまま飛び出して来て、彼に手を振るシーン。酔客の前でお座敷をつとめ、カンザシを激しく揺らしながら踊るシーン。「カツドウに連れてって下さいね」、彼に何度も頼み、楽しみにしているが、実現することなく、やがて風雲急を告げ、最後の大団円、別れの場面へとすすむ。踊り子は息せき切って波止場に駆けつけるが、もう彼を乗せた舟は出ている。呆然とするが、少しでも近くまでと桟橋を突端まで走ってゆき、ハンカチを打ち振る姿。その内彼が気付き、双方で懸命に手を振り合うがどんどん距離は開いてゆき、やがて踊り子が泣き崩れるのが彼の目に映る。あまりにもくっきりとした、悲しい、けれど美しいこのラストシーンにより、これは永遠の名作になっているわけだ。

『光る海』の吉永小百合は、いかにも小説を書こうなんて考える娘らしく、エキセントリックな、自意識の強い娘として登場する。みなが大振袖でジャラジャラ着飾る大学の卒業式にも、黒のシンプルなワンピース姿。彼女が黒縁の眼鏡をかけて出てくるのも、新鮮な魅力を感じさせた。女が男物を着た時、逆に女らしさがかもし出されるような、反作用に似たものであろう。時々そっくり返ってしまうような女性なので、総代として学長から証書を受けとる際も、カッカッカッとパンプスの音を響かせ後ろへ下がり、下がり過ぎて壇上から足を踏み外し皆をヒヤッとさせる（「君はこういう時、きっと何かおかしなことをしでかすんじゃないかと思って」、と半ば待機の姿勢でいた浜田光夫が、下でサッと受けとめる）。男にとっていささか世話が焼け、手こずらされる女性かも知れないが、だからこそ魅かれる、ということもあるだろう。

小説の場合でも、印象に残る作品、気に入った作品というのは、登場人物に愛情愛着をおぼえ、感情移入して読んだものになる。それが忘れ得ぬ作品に昇華する。

映画、本といった嗜好品は変質しないから、ずっと「アイ　ライク」の気持ちを保ち続けることも可能であるが、生身の人間同士となると、同性間でもそうだが、互いに抱く感情だって一種の発作というか衝動のようなもの、先ゆきのことは（さあどうなりますか？）好き好き好きの段階ならば愛しいに決まっている。出始めの噴水のような感情の昂揚、噴出、発露。キミが一番、アナタが最高の段階を経たそのあとは、昨日の「愛しい」が明日の「うっとうしい」になるか、熱湯がぬるま湯となって、そのまま保たれてゆくのか。若死にした役者は、最も光芒を放っていた時期が人々の胸に焼きつき、それが伝承されていくが、男女間では一番燃焼した時点でおしまいにしてしまわなければ、そんな美しき永遠の記憶みたいなことはありえない。さめてしまうのがいや、というのがないものねだりだとは分かっている。二人の物語を続けていこうとするならば温和な方向に自然いかざるをえないわけで、ずっとのちには、あの時あんなことがありましたねえ、おじいさん。そうだったねえ、ばあさんや。二人で、ほうじ茶でも飲みながら語らう老夫婦。話が先へ行き過ぎたようだが、つまり、「愛しい」のエネルギー計数も、濃度も、そんな風に変化するのだろう。今はとにかく相手の熱情に触れられることを望まん。自分が貴重品になっている意識、ひたひたと情愛を注がれている感覚、そんな幸福感、豊饒感にたっぷりと包まれたい。（人からの愛情によってこそ、自分の存在価値も自覚され、自身をいつくしむ気持ちも生まれてくるような気がする）そのためには、己の真髄、本領、いいところを相手にちゃんと分かってもらい（アタシ欠点も色々あるけどこんなにいいところがあるよ）、とアピールさせることであろうが、無意識に真正直に臨んだ場合にこそ、本来の良さが表れ、人も認めてくれるもののようだ。愛しいと、思われたしと思うなら、下手な計算せぬが肝心か。

なぜダイエットにこだわるの

昔これほどクーラーが普及してない頃、我家はひどく高価な買物として小型の冷房機を求めたが、あれはもう何十年も前。その機械が壊れてから、以来ずっとノークーラー。身体のためにはこの方がいいのよ、と云う母の言葉に頷きながら、やはりこの高温多湿国の夏は辛い。世の中、年々暑さの度を増してきた。その昔道路が表通り大通りを除き圧倒的に土と緑と水辺が多く、クーラーが滅多にない貴重品だった時分《ころ》は、夏は、今のような暑さじゃなかった。日常品となった冷房の、その排気熱がそこかしこから吐き出され、地表はアスファルトのコーティング。やっぱり、絶対昔より暑い、昨今の夏。私はすっかり夏バテ夏ヤセした。油モノなど全然駄目、素麺さえ受けつけぬ日が多かったから、当然。体重が45kg前後から40kg近くまでおっこちちゃった。私の身長は160cmジャストだから、これはかなり少ない。それにしても、感情と体調とは直結しているらしく、ちょっとここへきて気分が変ったら（さしもの残暑も消え失せ季節は秋の候、またたく間にさびしいほどの涼しさという物理的要因も）、大分「食べること」への熱意が甦り、食欲も戻ってきた。今回は心配事や気苦労が、まるで空腹感にフタをしたように食べなくさせたわけだが何年か前、私は逆に太ったことがあった。俗に云うストレス食い。当時私はひどくうっ屈した精神状態にあり、その満たされぬ思いが、手近な充足＝食へ向って集中したらしい。たまに9サイズ大低7サイズ体型が、気がつくと11になっていた。ゆとりのあった洋服が着るとボタンはピチピチ、鏡に写る脚も見慣れぬ太さに変り、顔もはっきり肉が付き、健康的に幸福でグラマラスになったのと違い、つまらない――→やたらに食べる――→肥満する、というマイナー作用。今は細身が定着、これがどうやら私の本来のシルエット。小さい頃は、とっても苦痛だったやせていることが。赤ん坊時代、私は普通以上に丸々と肥えた子であったが、物心ついた頃は、実に細くて華奢、しかも病気がちな子だった。身体検査の日がいやで、体重計にのると保健の先生なんかが、まー何て少ないんでしょう、と必ず口にする。それで似たような友達と、ハカリの上にのる前に水飲み場で、水をゴクゴク飲んだり、胸囲測定の折など息を吸ってふくらまそうと試みた。

　TWIGGY《トゥイギー》が来日したのはいつだろう。極細フランスパンのような手脚、凹凸の殆どないスレンダーな肢体とその個性が、やたらにもてはやされた。それ以前、既にその元祖とも云うべき女優、オードリー・ヘプバーンが一時代築いてはいたが、トウィギー以後、向うの雑誌と提携した日本初モード雑誌『アン・アン』の発刊もあり、いわゆるオートクチュールでない舶来ファッショングッズ、プレタポルタ《オープン》がドッと流れ込み、一般大衆小娘までファッションにうつつを抜かす風潮の、あの辺が封切り時期。トウィギーは、スリムな方がヨイ、というカヴァガールの役をした、代表的マヌカン。大体において、ファッションモデルというのはヤセ女と相場は決まっているけど、それは洋服主体の命を帯びた彼女らの、肉体は無機的存在を強いられる職業上の条件《ノルマ》みたいなもので、モデル達は美しい衣裳をまとい寸分の隙もない考え抜かれた完璧な化粧髪型で、長身細っそりした手足を動かし、いともぜいたくな高級品をごく無雑作にノンシャランとみせ、ライトと音楽のもと、お客の目の前を風のように通り過ぎ、見る方はショーの魔術に眩惑されるが、彼女達の印象は、あとになるとかなり薄い。やせている方がファッショナブルかどうか、まァ洋服は映えるし素敵にみえるのはある程度真実《そう》かも知れない。みっともないほど太った婦人を見ると、そこには洒落っ気も何もなさそうで、もうちょっと何とかすればいいのに、こういう人こそダイエットすればいいと思う。しかし全く太ってなどいない女の子が、(あたしは太っている)と思い込んで極端に物を食べず、拒食症のようになったりする、あれは思春期特有の、特に自分自身に対し神経過敏になる、その一症状であろうか。実際、私がその時期定期購読していた女の子向けマガジンは、美容・お洒落特集の中でしばしば、どれも足並揃えたようにダイエットをテーマにし、そのための献立などよくのせていた。中にアマノジャク風に、チビデブこそかわいい、チビデブ万才とアドバルーンを上げる雑誌もあったが、圧倒的にスリム派、ダイエット派が優勢であった。私も、実はやせているのにその上更に、やせたがったことがあった。元来私は、どちらかというと丸顔。(ウエストは除き)首から下は大体細い。しかし顔だけ見る分には、そんなにやせてみえない。写真やTVは、どうしてか実物より太ってみえるらしい。私は、早朝ニュース番組に顔出しの頃、もっとスッキリキレイに写りたい、ならばそのためにはもう少しやせねば、とフォトジェニックめざし、いささかダイエット風な食のあれこれを心がけたこともあった。と云ってそれは、そんな大そうな本格的なものではない。たとえば、甘いお菓子を多少減らすとか、握り寿司で御飯の部が野暮ったいほど大きなのに出会うと、お行儀悪いけどちょっと残す、程度のこと。それらが、どこまで効果をあげたかというと甚だ疑問。それに人のことを見ているとよく分るが、よしんば顔が細っそり肉が落ちても、いかにも頬がそげこけた線は、実際以上に老け、肉と共にその人の魅力も失せる。

ところで今も、ダイエットブームなのか。ヘルシー(&セクシー)ブーム、何が何でも健康にという、何かいじましいほどの、エアロビダンシングヴァイタミンサプリメントバイブルに代表される、体にいいこと追いかけ時代。その一環として、一種のステイタスとして、だぶつきのない磨き抜かれたスポーティな肉体、を求めやたら走ったりレオタード着たりラケット持ったりしている風。まちをこんなにも改造改悪、ほっとする緑も水辺も惜し気なく少なくし、失くし、街を歩けば不機嫌な顔をした人々の群れ、殺伐たる行動、押し分けかき分け、溜りに溜るストレス不満疲れ、漫性運動不足の自覚、不自然な食べ物の洪水。気がつけばいつか、自ら招いた陥穽《かんせい》におちいった如く、やれ困ったこれは何とかせにゃならん、と袋小路にきた今、キーキー騒いでいる気がする。健康ブームというものが。出来るだけすこやかに暮したい、とは誰しも思うが、なるべく自然に健康に、と騒ぎ立てねばならぬところに、今日《こんにち》の不健康さ病的不自然が実証されている。でもそんな環境だから、やはりある程度自分で意識、自衛しなければしょうがないのかも知れない。いわゆるスポーツからずっと遠ざかっていた私も、この春から穏やかなヨガを始めた。あちこち故障が少なくないから、そのひずみを発散させるべく、なるべく気分よく暮すため。こういうのは、続けるってことがたやすくない。凄く肥っている人もきていたが、やめたのかこのところ姿をみない。リズは確かに細っそりした昔の方が綺麗だった。京塚昌子はあの体重で稼いでいる。人さまざま。太っているのはいいこと、とする大ピ連という団体もあるらしいが、デブとヤセとフツウ、世の中いつだってアンバランスなものだ。病気治療やよほど見苦しい場合を除き、あまりダイエットに固執するのは、神経症的。

俳優は顔

やっぱり顔がイノチ。人形店の宣伝文句みたいになってしまうが、人間《ヒト》も顔だ。ことに役者たるもの、それこそが作品、表看板なわけで、それでメシを食っているようなもの。存在感とか個性、そんなものはあとからついて来る、いわば急いでこしらえた理屈、説明みたいなもんで、まず顔、忌憚なく言ってしまえば、顔が心《ハート》も代表している。日常生活で人と会い、何を手がかり、尺度《バロメーター》とするか。相手の容貌《マスク》、それで大筋を判断していることに最近気付いた。顔がその人の最初の持ち点で、話しながら、言う事、動作、表情、仕種、それでソロバンをはじくように、減点したり得点したり、そこからイメージがだんだん仕上ってきて、好きか嫌いか浮び上ってくる。美しいか否かよりイイ顔か駄目な顔か。見ていたい種類かなるべく見ないで済ませたい部類か。美女美男でなくとも、快さ好ましさの味ある顔もあれば、体裁が整っていても、薄っぺらで魅力に乏しく好きになれぬ顔もある。私の場合、多少顔偏重のきらいはあるかも知れない。何しろ、小説（家）もそれで判断してしまうくらいだから。あんな顔した男（女）の書く物なんか絶対イヤとか、そのゴ面相でやめて欲しいそんなシーン（濡れ場）オ書きになるのはと。声優が大抵顔を見せぬ方がよろしいように、作家もね。実際《ホント》はモテない御仁がチッポケなかけらをもとに、蚕の繭さながら妄想の産物で生み出す恋物語、愛の話に、主人公と書き手をダブらせる、こちらの方がオロカというものか（でも、文は人也。やはり文章とソノ人とはかなり一致重複している具体例が多い。情報《データ》だけインプットした機械のように沢山仕込んでいても、ウマ味のないインスタントスープのような文を書く人は顔もロボトミー、いやな色の歯茎むき出し鼻息荒く睡飛ばし、口臭漂う品のないオバサン喋りを綴る女は顔もそうだ）。顔はまた、環境によってガラリと様変りする。最近よく夫人と共に紙面を飾る生島治郎（が最も顕著なその例として浮かぶ）、かつての氏は、女房と寄り添う写真を撮らせるなんざまっぴら御免、というハードボイルドな方にしか見えなかった。だがすっかり人が違ったような甘いスマイル。時間がたてば顔は変る。どんなハツラツたるスウィートグラマーも、いずれは歳取り、婆さんになり死んでゆく。だから分っているつもり。変貌はある程度仕方ないと。

しかしそれもアル程度までで、こうも変ってしまわれては一種の詐欺行為、全く知らない人が見て、今の彼や彼女と昔の彼らを結びつけられるか。と俳優達のよかった顔に再見すると、それにひきかえとあらためて信じられぬ落差に首振りたくなる。海の向こうには、幾つになっても若い女優とピッタリしっくりくる、彼女達とロマンスの可能性を感じさせ、相手役を更に魅力的に高め、女らしくさせてしまうアラン・ドロンやショーン・コネリーという手本&モデルケースが存在するのに。ミック・ジャガー、ジーン・シモンズ、ロッド・スチュワート他

「永遠の不良達」が居るというのに。

久々に、『狂った果実』を観た。冒頭と最後、それまでのボンボン顔《フエイス》が、ギラギラした焦燥と火炎太鼓を背負った不動明王の憤怒の如き、燃え立つ憤り、復讐の念に鋭利な刃物《カミソリ》みたい、一層彫りが深くなった津川の顔も凄かったが、裕次郎、彼の出現《デビュー》は確かに当時瞠目すべきものであったろう。

そんな彼の旧い写真を使った一枚の化粧品ポスターの迫力が、本来二番手三番手あたりの、味の薄い俳優がモテる今の時代の物足りなさを突いている。けれどあの裕次郎はもう現実にはいやしない。芸能界自民党田中派のように若手かかえた領袖は、別人の如く、昔の名前でちょっと出ているだけ。

●● 愛されたくて堪らない

人から貰った映画の券で、ちょっと手持ち無沙汰な午後、暇つぶしがてら私鉄沿線の映画館に出かけた。要するに、全く期待しないで観に行った映画だった。最初は無感動な眼で画面を見ていたのが、次第にひきこまれ、いつかすっかり感情移入。観終った時には完全に、〝お気に入りの一本〟になっていたその作品の中で、少女俳優の薬師丸ひろ子が儚《はかな》げに唄っていた。〽愛ってよく分らないけど――アイッテ　ヨクワカラナイ　透明度の高い、スウィートサワーな歌声《ソプラノ》で唐突に、素直に言われてしまったフレーズに、私は、軽いショックを受けたように、頷いていた。

それでも、「愛」されたくて堪らない。自分が空っぽの容器で、人からの愛情好意が、そこに注ぎこまれる、甘美で、芳醇な酒ででもあるかのように。いつも、待っていたらしい、こんなにも、飢えて、渇いていたのか、と気付かされる。ひとたびそんな相手を見出すと、普段うずくまっていた感情が、頭をもたげ、氾濫を起こし、流れが堰を切ったように、「彼」という出入口へ向って突走ってゆく。犬が頭を撫でられ、体をさすってもらっているうち、突然、あられもなく白いお腹を出し人を驚かせたり、全身の重みをかけ、凭《もた》れかかっていって相手をよろけさせたり。そんな時、持ち重りのする荷物のように、男は、重荷に感ずるものだろうか。自分が、ともすればそう思わせるの《タイプ》ではないかと、それが怖い、少し心配だ。男の変心に遭うのが、実際私は怖い。もし駄目になる時は、自分の方からキライになって、それでサヨナラを言いたい。プライド高く（絶対に、始まりは男の方から「お手をどうぞ」、と来てくれなければイヤ）、欲張りで（常に、相手方から余計、より多く愛情を注がれていたい）、そして弱虫な私にとって、その逆、向うに去っていかれるほどぞっとさせられることはない。ひんぱんにかかっていた電話がパタッと、跡切《とぎ》れる。（一体、どうしたの？）立場逆転、途端に風向きが変ってしまう。カレそのもの、本人を突き抜け、「思い」が先行（コイじゃなかった筈なのに）、にわかに、だしぬけに自分の中に恋心、恋情が芽生えた如く。不整脈を打つように、心が波立ち、乱れ始める。揺られ、翻弄されるたび、恋だ愛だなんて、何という厄介な代物、心身に良くない、と思う。いい恋を沢山したい、と女の子がよく言う。けれど、〝いい恋〟なんて、果たして本当に在るのか。けれど、レンアイ、及びレンアイごっこの初期は楽しい。（この男《ひと》は特別）、その時そう思いこんでいる相手と、差しつ差されつ、互いに暖かいものを注ぎ合うような、交歓交感。まだ始まったばかり、生まれたてのそれの瑞々《みずみず》しさ。（お楽しみはこれから）、の暗黙の了解を胸に秘め、みつめ合い、手を握り合い。男の腕に締めつけられ、唇を吸われ、そんな時にはいかにも、いやがうえにも「日常」が劇的《ドラマティック》に引っくり返り、高波に乗ったような盛り上がりをみせる。ハッピーエンドで終ってくれる映画のように、でも一番いいところではとめられなくて、パタパタ動いてゆく車窓の景色のように、状況は移ろってゆく。男の積極さが燃え立って、強火になっている時、愛される者の傲慢で、ちょっとうっとうしい、少し煩わしい、と思う瞬間が必ずあるものだし、男の勢いが弱まり、減速すればきっと、心ならずもこちらの方が捉われ、恋着する、という具合に、パターンは決まっている。

花冷え、花曇りの頃の不安定感《アンバランス》もあるのだろうが（生きているのって何てさびしいのか）と何だかやるせない。こんな時の特効薬は、愛しい男の膝に横抱きにされ、バカだなァ、一体何をそんなにさびしがっているの？　ぼくがいるじゃないか。それしかないような気もするが、でも、それでもシーンとしたさびしさ、やはり消えてはくれないだろう。さびしいから人を好きになって、好きな人がいてもさびしさは依然、山の頂きの雪のように常にあり続ける。

男の代用品

一体どんな男《ひと》が好みなの？　というほどわたしを困らせる（Q《しつもん》）はない。それが分っていたなら、もうとっくに今頃、どっかの誰かとペアを、腕を組みニコニコ笑っている気がするし、コレと思う人との〝邂逅《めぐりあい》〟のためには、さして気の進まぬ集まりにも、万が一を期し、（美しく装い）まめまめしく足を運ぶ、ようにもするのじゃないのかなあ。向田邦子が随筆中、気に入ったのがみつからない限りは、どんなに寒くても、我慢し（そんな様子などおくびにも出さず）、手袋なしの冬を過した（すると母親が、お前は、そういう風だと苦労するよ）、そんな話《エピソード》を読んだ記憶があるが。貴女《ナカヒラサン》なんかにもそういうところ、やっぱりありますか？　僕のまわりでも、手袋を「男」に置き換えてみて、凄《すご》く分る、っていう女の人が何人もいるんですよ。我慢して、そんなに好みじゃない男と無理して付き合いたくないって。そうかもね、そうね、と私は頷いた。たまに、その手袋話《グローヴストーリイ》を思い出す。そして、自分もそんなタイプか、と思う。けれど、私は大層な寒がりなので、彼女ほど徹底的禁欲的に手袋なし、でも過せない。これ位ならいいのじゃないか、意外とわるくなさそう、程度《レヴェル》のもので、〝間に合はす〟こともないとは云えない。何かしら、どこかにたった一《ひと》つ、この上もなくしっくりと馴染む〝お誂え向き〃が存在しているのではないか、と考えると「代用品」に甘んじ、本物と巡り会っていない（擦れ違っている？）身の不幸を感じるし、別の時には、そんなＪＵＳＴ　ＦＩＴを夢みることと自体、青い鳥《ブルーバード》の如き幻影《イリュージョン》にも思われ、待って、捜している自分自身が、えらく心もとなく、労《いたわ》しく思われる。けれど街へ出れば、人気の多い通り、人目の多い電車の中、溶けかゝった飴《キャラメル》みたいにひっつき合ってお手軽ラヴシーンを演じている、満足しきった鈍な表情の一対《ナベとフタ》、男女《カレとカノジョ》を目にすることも多く。絵画のように、映画のように美しいなら私も是《よし》とするけれど、何か見苦しい、美しくないものを見てしまった、と目を逸らしたくなる。

　如何にも抽象的な、ありふれた言葉の羅列、みたいになってしまうのもいやで、冒頭のような問いには、立ちどまってしまう私だけど、いつか深夜ＴＶを見ていたら、媚びのない、通好みの女性歌手《シンガー》が、その種の問いに半ば目を伏せ、あんまり……女を泣かせないひとがいいですね。一言《ポツリと》答えていたのに、何かひどく真情がこもっている気がして。それはもう大前提だと思えた。あたしの場合はね、ハッキリしているの。何しろ面倒見のいい人。これしかないわね。かなり気質的に私と似通っている（と彼女自身は云う）女の子が、そうきっぱり云い切った時まさに私のリクエストの筆頭もそれではないか、と膝を打ちたくなった。

　随分前の小説で、こんなふうなのがあった。ちょっと気まぐれで、わがままで、ナイーヴで、ナーヴァスで、お天気屋で、気位が高く、プライドが強く、八割か九割方は扱いにくく、手を焼かせるんだけど、残りの一割か二割のところではどうしても気になる、憎めない、愛すべき女の子がいて（それは無論、主人公の男の子一人にとっての、いかにも個人的《パーソナル》な感想）結びの部分《あたり》、最後のところ。ぼくは、彼女にとって、沢山の緑の葉を繁らせた大きな大きな木の如き存在でありたい。或いは、満々と美しい水を湛える広々とした湖のような存在でありたい。彼女がそこに来れば気持ちが安らぎ、心がなだめられ、憩え、くつろげ、無心に遊べ、心楽しく、のびのび出来るような。十代も初めの頃それを読んだ時は、（フーン）と浅く感じたに過ぎなかったが、今になれば、太鼓をドーンと一発打ち鳴らしたように、心身の中枢に、響いてくる。もう一つ、思い出した。女の子を、泣かせてはいけない、絶対にいけない、という一節がその中にあったことも。

〃氷塊《ナンモン》〃も、こうして綴ってみたら、何だかあっさり氷解《コタエがで》してしまったみたい。

●● 健康になって、運命の人と出逢う

今これを書いている時点で'86年もあと一ヵ月半弱。こうしてこの年も終りゆくと思う時節。その日その日を暮してゆくのに精一杯、の気分でいることも多いけど、そしてこの原稿依頼がなければ、あらためて一九九〇年代私は、と考えてみることもなかっただろうが、これを機に朧な私的未来絵図を描いてみることにしよう。

筆頭項目は、まず何より丈夫な体。健康を得たいとは近頃何はさておき、イの一番に思うこと。虚弱にみられることも少なくない私だが、翻って(子供の頃から風邪ひくことこそ多かったけれど)、それほどヤワ、弱い質じゃなかった筈。そしてつい何年か前迄は、こんなに、不定愁訴の多い人間ではなかった。なのになにゆえ今のように、どこか具合がよからぬことの多い、半健康体、半病人的体質になってしまったか。答えは明白。「書く」ようになってから。この原稿書き仕事、大の男、大の大人、何十年もやってきた人の口からもしばしばその辛さが語られる通り(いやそれ以上に)、私にとっては楽じゃないこと夥しい。何か、妙な疲労感が濃く、ある。書くのをやめたら貴方はきっと丈夫になるね、とよく言われる。それはともかく、

同級生と話をしていてもよく話題に出るのが、どうもこのところ体調が、やはり変り目なのかしら、という（頭痛って今迄一度も縁がなかったけど、ここへきて初めて経験するようになったわ。イヤなものねえ、なんていう、元・優良児の声も聞く）。多くがそのようなので、これはある程度仕方がない状態か。これを越したらきっと持ち直す、と思ったりしている。座業。頭ばかり酷使し運動不足、とは言われなくたって自分でも思っていたから、幾つか激しい運動なんかも、半強制的に己に課するようにやってみた。で分ったことは、無理は禁物、という結論。ジョギングマラソンの類い、私は一生、絶対やることはないだろう。それより歩くこと＝散歩、こちらの方がよっぽど自然で、好ましい。勿論この他に、楽しい／快いと思えること、忘我没我／無心の境地になれるもの、何かしら、やりたい／みつけたい、とは考えている。水泳は全身運動だからいいよ、と勧められる。私自身は頷き乍ら、そのこと自体が楽しく、ついでに健康になっている、そんなのがいいと思うので、とするとダンス方面になるのだろうか？昔々父があんなに夢中になった（すっかり丈夫にもなった）ゴルフは、などと、今はぼんやり考えているだけ。従ってその頃には、これらの内のどれか、或いは全く別の何か、本当に好きなコト、タノシミ事をみつけ、やっているかも知れない。容貌はその年代、今より小皺や白髪も出ているのは避けられないにせよ（でもなるべくミニマムに抑え）、若い娘には真似の出来ぬ優雅なムード、大人の魅力を湛えていたいものだ。それで、互いに相応しい大人同士、そんな異性、素敵な男のひとと、ドキドキしたりウットリしたり、濃淡とりまぜ恋心愛情恋情好感を抱ける何人かに恵まれ、夢の交響曲や組曲を。中でも特に一人傑出した、終生の、最高最大の、そんな〝運命の人〟と出逢い、（いつか素晴しい作品としても結晶出来るような）、大恋愛をする。

そうして、九十年代のいつ頃になるか分らないけれど、ある年ある月ある日、よく晴れ渡った昼下り、この人、と思える最良の相手と腕を組み、白いウェディングドレスにヴェールの花嫁＝私、は石段を下りてくる（或いは古式ゆかしく綿帽子か）。今迄、長かったが、待っていて、本当に良かったという感慨を胸に（ようやく、母をほっとさせ）。数年後、子供も産んで。あのヨワかったマミちゃんが、と驚かれるほど、体も丈夫、健やかになっている。そうしてその上で、文筆業を続けるなら傑作と（願わくばプライズと）、とも思うけど、でなければいっそ小説などもう全く書かず、違うことをしている私、これにも、実は相当心引かれる。

エレガントな毒

昔、大人の女性はひたすら大人っぽかった。そんな気がするのは、強ち《あながち》、私が小さかったためばかりではない。それは、曾《かつ》ての映画を目にしても思うこと。高く結い上げたアップスタイルやウエーヴィなセミロング、くっきりとした山型の眉、シンプルで抑制が効いたモード、シームストッキングに細い踵のハイヒール、そしてモノクロームでもその〝赤さ〟が分りそうな濃い口紅の色。鮮やかなLIPSの間に屢《しばしば》咥《くわ》えられる一本の細いシガレット。唇を網羅するように完璧に塗られた紅の跡が喫い口に移り、白い、或いは手袋に包まれた指に挟まれ、口元と灰皿の間を何往復かする煙の出る紙巻き。絹のスリップ。香水。他にも小道具は色々あるが、私にとって主なる、大人の女の三大品目はパンプス・ルージュ・タバコ、その三つに止めをさしていた。中でも三番目は、男のすなる、殿方の領分に寄っているものを女も嗜む、その喫い方はこんなにもスマートにエレガントにもなる、というのを（暗黙の内に）見せられるところが、他とは大いに異なる感じで。

煙草は動くアクセサリ、と広告で謳われたり、淡路恵子の喫い方が天下一品、と云われた、そんな時代をくぐり抜け、いつか私も、洗練された、洒落た風情で煙草をこなしたい、と思うようになったのか。ニコチンとアルコールは人生に必要な少量の毒である（ニーチェ）、と云っていた父はかなりのスモーカーで、主が家に居る時は缶ピースやホープの煙が立ち込めていた。母も一時期随分喫っていた。父は嫌がるどころか、寧《むし》ろ薦める気配すらあったようだ。自分が幾ら喫おうと、女の煙草は嫌う男もいる。私が初めて付き合った男がそうだった。この違いは何なのか。分るような（何かが浮き彫りになりそうな）気もするが、言葉にすると逃げていきそう。

取り分け煙草が印象に残る、そんな小説というと、私には『挽歌』をおいてない。若さゆえの気取りと危うさ、背伸びと残酷、無鉄砲さと純《ピュア》、その他諸々がこの物語の中の、感受性の鋭い怜子にはくっきり透けてみえ、その、どこか爪先立ちしているような個性を表すのに、煙草も大きな役を果たしていた。登場人物は、よく煙草を喫む。紫煙を立てている。彼女の心を掴える中年建築家の桂木も、若い男の思われ人となっているその美貌の妻も。この微妙なクアルテット的トライアングルストーリィの、怜子に私は自身を託し、彼女と同じように桂木に心魅かれ、懶《ものう》げな桂木夫人に憧れた。ここには、本当の大人っぽさが、悲劇の匂いと共に色濃く漂っていて、そのロマンは、私にとって特別な一冊になった。

そしてその頃、私は煙草を口にし始めた。

男の酒学

真珠色サテン、或いは漆黒ヴィロードのドレスで、シャンパン・カクテルかキール・ロワイヤルを呑み乍ら、ジェームズ・ボンドのような男に口説かれる、そんなゴージャスな、何キャラットかの大粒ダイヤモンドの夜を過ごしてみたい。私にとってお酒と男の人って、切っても切れない。つまらない、野暮な男と一緒に酒を呑む位なら、一人で家で水でも飲んでいる方がいい。伊丹十三『ヨーロッパ退屈日記』で、その日の気候気分、彼女の着ている物に合わせ、女性にカクテルなど選んで上げるコレ男の喜び也、という一文があった。このところ私は禁酒の身、ヴァージン・メリイ（実はトマトジュース）やローズティでお茶を濁しているが。先日Ｂａｒに連れて行って呉れた男性《ヒト》は、バーテンダーに「このひと、今アルコール駄目なんだけどアルコールッ気抜きで何か酔えるカクテル作って上げて」。その水色と桃色系のグラスの中味は、確かに酔わせてくれた。これも小さな宝石《ダイヤ》の夜か。

結婚保守派

結婚式という言葉からは○と×、両方の印象が漂う。×の方は云う迄もなく（あゝ又か……）、といううんざりする感じ。決まり切ったパターンの、ホテルでの長々抑々しい退屈な披露宴、我慢の何時間か、重たく、趣味に合わない引出物が入った紙袋と卓上のフルーツケーキの小箱を持たされ、やっと放免やれやれ、という。○は、これはもういゝ方ばかりのイメージ。大好きな人と、晴れて、皆に祝福され一緒になる、誰が何とどう云おうと人生の華々しい輝かしい、メインイヴェント。しょっちゅう、舞台ステージでドレスを着る事に馴れている音楽芸能ジャンルに従事している女達ならいざ知らず、「その他」の女は、幾ら昨今謝恩会や何かで着飾る（と云ってもどうしてミンナ、ああ似たり寄ったり、美しくない素敵じゃない魅力のないカッチリした髪型に大袈裟な髪飾りけばけばしい派手々々しい満艦飾にするのか。成人式の大振袖、卒業式の今や右へ習への袴、みんなそう）、と云ったって、やはりケッコン式は別物、特別、な出来事。ウエディングドレス姿に、いつかは自分も、と胸をときめかせたり、自分の時はどんなドレスにしようか、と思った事のない女は居ないと思う。真に脆くも儚ない、呆気ない一時。の事、と知り乍ら。

最初に参列出席の時こそ気張って大振袖を着て行ったが、教会での式から始まり延々夜迄半日以上もかかった第一回目。そのしんどさ帯の苦しさ着馴れぬ和服に音を上げ、それ以降は洋オンリー。それらは時所男女の顔こそ違え、いずれもよく似たもので、子供の頃は綺麗な服着て結婚式に出て伊勢海老喰べるのが待ち遠しかったが繰り返す内こんなにつまらぬタイクツなものか、と。だからいい式いい披露宴だった、と思って貰えるほのぼのとした、小ぢんまりでいいから和やかアットホームないいムードのものにしたい、という思いは一入《ひとしお》。手本に外国映画がある。『ゴッドファーザー』の大々的なのは素晴らしかったが、『アマルコルド』の小人数で気取りの無い宴も（いいなぁ）としみじみ思った。日本だって、昔は特に地方ではそういう心に沁みる結婚式が有った筈。角隠しの花嫁が仲人に手を引かれ、沿道の人々の中そろりそろそろ歩んで行った、座敷の四つ脚膳で皆が会食し酒を呑み唄った、あの頃の結婚式らしい結婚式。そんな厳粛さ素朴さを取り戻す事が何より必要急務な事と思う。

●●

スター以上のドラマを生きたジャクリーヌ

小さい頃、週刊誌のグラヴィアで見た写真。

男の子が父の仕事場であどけなく踊っている、海の浅瀬で女性と子供が遊んでいる、それらは今も記憶の匣の底に仕舞いこまれ、永遠の輝きをもって、わたしの心を捉え続ける。最初のは、ケネディ大統領が執務室にいて、ジョン坊やがステップ踏むのにケネディが手拍手取っている、もう一枚は、まくり上げたスラックスが濡れるのも構わずむくむくした幼い水着のキャロラインを水平になるほど振り回しているラフなシャツ姿のジャクリーヌ、見たひと誰もが微笑を誘われる微笑ましい親子の交歓風景。

一枚のスナップ写真が「その人」を如実に現してしまうのはよくあることで、(また、それがいい写真というもの)、モンローやバルドオのも秀逸なのが多いが、ケネディ夫妻はそれに負けず劣らず、とわたしはまた別の連続写真を思い出す。夫が演壇の前で演説している傍、馥《ふく》郁《いく》と微笑む、いかにも若妻の風情が匂いたつジャッキーは、同性から見ても実に魅力的だった。厳密に言うなら、彼女は決して正統派美女じゃない。目と目が離れ過ぎているし、でもあの顔、なのだ、我々を魅了したのは。意志的な眉と唇、極めてセンスのいい洋服の数々アクセサリーの使い方。彼もそうだが、彼女の存在は格別独特だった。彼と彼女は、ひとりずつでも魅力があったが、ふたり揃うと何倍もの光輝光彩光芒を放ち、下手な映画スターなんかよりよほどオーラを発散発光していた。今、思っても、あとにも先にも、ケネディ夫妻ほどひとびとの耳目を奪ったカップルは、ホワイトハウスの住人はおろか、諸外国にも見当たらない。それほど、絵になる二人であり、誰が見たって似合いのカップルだった。

わたしが、アメリカという国をどうしても好きになれないのは、ケネディを（それもふたりまで）殺した国、という思いが、どうしても抜けないからだ。ダラスのあの惨劇まで、アメリカは無論のこと、世界も、当然日本も、若き有能なる大統領のリーダーシップのもと、きっと良くなっていく、という希望が、まだ十歳やそこらのわたしにもあった。それがあの殺人（繰り返すが二度までも）ですべてがひっくり返ってしまった。

わたしにとって、ケネディと一緒にいたころのジャッキーが本来の彼女、好きなすべてであり、その最後の「舞台」は雄々しくジャンヌ・ダルクのように両脇にロバートとエドワードを従え、黒ベールをかけ喪の儀式に臨んだ彼女であり、それと共に、神話も終ってしまった。

『山猫』と『サザエさん』

自らも貴族であったルキノ・ヴィスコンティ監督の、若いアラン・ドロンが水際だった二枚目ぶり、クラウディア・カルディナーレがイタリー娘のはちきれそうな味をみせる『山猫』は、夜を徹して行われる豪奢な舞踏会のシーンも印象的な、「山猫」と呼ばれる、バート・ランカスターが一家の総元締め、威厳と貫禄のある家父長を演じ切った堂々たる大作。かつての日本にもあったはずの、父親を軸とする家族のまとまりは、ずいぶんと希薄になったが、バート・ランカスターのような堂々毅然たる、夫、父、一家の大黒柱がいれば、奥方のくだくだしい繰り言もバン、とした一言でおさめてしまうし、「彼」が元気で居るかぎり、一家は安泰、と大きなスクリーンをみつめながら、わたしは思った。困ったこと、考えあぐねたことがあったら「お父さまに相談すればいい」「お父さまにお聞きすればいい」。確たるひとつの共同体として、そのなかでは、だれもが自分の役割「以上」のものを、要求されずに済むし、こよなき、大きなものに包まれている安心感もあるのではないか。それにひきかえ、夫は仕事々々ゴルフ、で子供のことは妻に任せきり。妻は、昨今の異常なまでの私立学校指向のなか、自分のエネルギーの捌け口も兼ね、「子供の教育」や受験に血道を上げる、そんな状況が、なんだかとてもいびつに感じてしまう。

ところで今、わたしはサザエさんを読んでいる。『山猫』と一見対極にある、ほっとさせ、思わず笑いを引き出されるああいう暮らしにも、わたしはべつの憧れをもってしまう。それは、家という家は、いつも何らかの波乱を孕み、問題が内包されているからで、サザエさんの世界は、一種のユートピアでもあるからなのだろう。

●●

初めての大恋愛は破局

作家は処女作にその後のすべての作品が暗示されているというが、恋愛もそうか。

少女時代に原田康子の『挽歌』を読んで以来ずっと、ああいう恋愛をしてみたいと憧れていた。あの主人公の桂木のような男しか好きになれない、と思っていた。だから同世代の男性は物足りなかった。それは二十二歳のとき。朝のニュース番組でアシスタントキャスターを募集していた。私はやることがなくて、応募してみたら受かった。男ばかりの職場に、私を入れて三人。何もかもが珍しい環境であった。

初めての朝、テレビ局にいってみると、ひとり浴衣を着て座っている男がいた。報道局のデスクで、泊まりがけだった。三十過ぎの人で、駄々っ子みたいな感じ。その浴衣姿が妙に印象に残っている。何度か男性キャスターや部員達と飲みにいったりするうち、だんだんその男性に焦点がしぼられていく。スポーツ刈りで、首なんてほとんどないようながっちりした体型。バンカラタイプだったが妙に愛敬もあった。私はその頃、とにかく男の人に甘えたいという願望が強かったから、そういうタイプの人のほうが良かったんだと思う。「奥さんと子供が二人いる」と聞いて、むしろ、願ったりかなったりと思った。ほら、それはまさに『挽歌』の如きシチュエーションだったから。『挽歌』では北海道という舞台が印象的だったが、当時彼は横浜に住んでいて、二人で会うのは横浜が多かった。港町の独特の雰囲気があって、恋愛を盛り上げるいい舞台装置になっていた。大晦日の夜、船員が泊まるこぢんまりしたホテルに二人で泊まり、十二時になった瞬間、汽笛がいっせいに鳴った。まるで物語の中のワンシーンみたい。

番組がはじまった春に芽生え、初夏の頃から盛り上がり、秋口からだんだん社内に知れるようになって、最初はちやほやしていた周りの男性達が、掌を返すように冷たくなって、それはショックだったけど、こっちは若くて彼しか見えないような状況だからあまり気にもならなかった。それに、どこかで結末を予感しているところもあった。

彼が海外に行かされることになったと知らされた。左遷ね。とたんに連絡がとれなくなる。そのちょっと前に言われた「君とは一生の縁だと思っている」という言葉にすがって、必死に彼と連絡をつけようと思っていた。なにか一言、慰めの言葉をかけてほしかったけど、彼は私には何も言わず行ってしまおうと思っていたらしい。男に対しての失望感、でも話はできない、私は私で早起きして(土)(日)の休みも無く(三人交代二日連続)出演原稿読みや取材という仕事をしなきゃいけない。今にしてみればよくある話なのかもしれないけど、二十そこその女の子にとっては本当に過酷な体験だった。子供の頃、父があまり家にいなかったりして、愛情に飢えて育ったところがある。私を包んでくれるキャパシティのない人を好きになってしまったというところはあるけれど、この人じゃなくても、誰にも私の孤独感は埋められないというブラックホールのようなものを意識したりもした。

考えてみれば、そのことが私を、小説を書かせる方向に進ませたんだと思う。その意味でも運命的な出来事だったんでしょう。

私は・ソン様

シューベルトのセレナーデが聴こえる。

緑一色の茶畑の中、一人の青年が立っている。

軽いウェーヴのある茶色の長目の髪。

雨の中、傘をさして、物思いに沈んでいる横顔。

美しい音楽が、美景の中に佇む美男に、うっすらとヴェールをかけたような効果を。

その時点で、私の心は、もう、何処やらへと持ち去られていた。

凛々しい、濃い眉の迫った、王子様のような面差し。まさしく憂愁の貴公子。そんな彼が突如、驚いた表情を浮かべる大写し《クローズアップ》。と、そこには、清らでつぶらな瞳をした、無垢な表情の、美しい若い娘が、やはり驚きをにじませ、立ち尽くしている。

それが、美しい音楽と、美しい景色と、美しい男と女と、と此の世のものとは思われぬ、妙なる三位一体で私を魔法にかけた、〝夏の香り〟の始まり、導入部。

「犬のこと」(ブリジット・バルドオが、ソウルオリムピックの時に「犬を撲って肉を柔らかくして食用にするなんて、そんな野蛮な真似をする国は文化国家なんて云えないわ!!」と抗議していた。先般のギリシアオリムピックでも、それまで沢山いた野良犬たちを、一番苦しませる方法、毒入りの餌でそれは夥しい数殺害、という記事を見た時も、私はもう此の世に生きていたくないほどショックを受けたが、韓国もそうして毒殺するという。本当にやり切れない許せない絶対に!! やめさせなければいけない世にも惨い蛮行だ)があるから、韓国なんて好きじゃない否、大ッ嫌いだった。

新聞で、大分前に〝冬のソナタ〟の広告を目にした時、ソフトな感じの眼鏡男の微笑みに(これは、結構いきそうだ)という予感が働いたが、それからしばらくして、来日したペ・ヨンジュンへの熱狂ぶりには(フン)、なんて横目で冷たく。

そして、WOWOWで「たまさか」〝夏の香り〟を視聴した時、あまりにも「絵に描いたように」美しく、うっとりとさせてしまうのに、カスミ網にかけられた、催眠術にかかったみたいな夢心地になりながらも、(キレイ過ぎる・こんなにキレイなのは)と、まだ抵抗しようとしていたのだ。

いまの日本を象徴している美しい心地良い麗しいとは対極の下品で見苦しくみっともないタレントや番組。むしろそういったのが主流となっている信じ難い状況が久しく続いていて知らず私も汚染されていたのだろう。

しかし、日本の方がおかしい、異常、変なのだ。そうハッキリ目をさまされ気づかされた。

韓国はこんなにも優れたドラマを作る国になっていたのか、と〝ホテリアー〟〝新貴公子〟、〝一％の奇跡〟と更にみていった私は驚く。金大中事件・戒厳令・夜間外出禁止令・朴大統領夫妻の暗殺などで少し前までは暗黒の印象が、民主化と国が映画産業を応援支援する体制になって百花斉放とばかり、才能が花開き咲き乱れ、そして男優と女優の充実ぶり、層の厚さに目を見張る。夢物語も説得力をもつのだ。彼らは何より美しい。綺麗で可愛い。魅力と味、えも云われぬ情と趣きがある。

〝夏の香り〟にしばしば出てくる、キラキラした、あるいは、しっとりとした、雨の場面。

私は、ドラマをみながら、自分も全身全霊で、清冽な雨に打たれるようであり、ソン・スンホンの類稀なる（こんな美しい男には生まれて初めて出合った）という美貌、こぼれる涙もダイヤモンドのきらめきに、薄汚れた・汚れ切った・汚いのばかりをみせられていた目が、洗われる思いをしていた。

センチメンタル・ロマンティック・リリカル・哀愁・叙情・感傷……

私は、こういった世界にどっぷりと浸っていたい。私に夢と現実の区別はない。

ソン・スンホンこそ私の初恋なのである。

第四章……私というお荷物

今度生まれてくる時は

〽あくびが出るほど退屈なのよ　毎日々々することないの　あるのかなあるのかな　あたしのほんとにやりたいことが

遠藤周作原作『ただいま浪人』のTVドラマに流れていた、歌の一節。その頃私は高校生。音楽大学ピアノ科目指し、練習に明け暮れていた。近くの区立の小学校から、キリスト教系私立に転入したのは、五年生の半ば。幼稚園から大学まで揃っている学校だから、大多数はそのまま上に進む。家庭教師をつけられ、勉強させられた挙句やっと入り、馴染むのに随分と子供なりの心労、精神的重圧を経験、何とかとけ込むにいたった（区立と私立の、給食から建物から何から、全てにわたるその違い）が、転校生として孤軍奮闘し一年数ケ月後、今度は中学という前よりも大きないれものへ進み、外部からドッと見知らぬ人達が（下からきた生徒達よりずっと多く）流れ込んできて、私はすっかり調子が狂ってしまった。

前には自分一人が適応することを余儀なくされたのに、数の威力、外からの雑多な混合部隊の前に、温室栽培の如きいわば「はえぬき」の連中は、いとも簡単に飲み込まれ、同化。私は新しい環境に馴染めず、もう中学生活がいやでいやで、早く卒業の日がきて欲しい、と思う毎日だった。そして高校。中学時代とは少し変り、(イヤ)の度合も薄くはなったが、つながって続いている学校特有の、淀んだくすんだ、何ともすっきりとしない惰性ムード、同じような顔ぶれの周囲に、私は飽き飽き、辟易し、よその学校にゆくことを考え始めた。といっても「コレ」、ということなんか、その時はなんにも捜せなくて、三歳の時から始めたピアノに、無理矢理照準を絞るよう、目標を定め始めた。バラバラピアノを弾くうち、私は渦の中に巻きこまれたように、何かとても充実した日々を送っている気がし始めた。だらだら、特別これということもなく学校にきているクラスメートに対し、優越感さえ抱いて。だからその頃きいた冒頭の歌詞も、自分には全く無縁と思い、果たしてそんなことあるかしら、と信じられない気がしたものだ。そしてそのあとどうなったかと言うと、音大には一応通い出したものの、これはまるで自分の道じゃない、ハッキリとそう思い始め、そうなるともうイヤなことはイヤというタチだから、親の反対をはねのけてやめちゃった。あれじゃないこれじゃない。あたしのしたいことはどこにあるの。思えば大分前から、そうして私は思い悩んできた。学校生活を送っている頃は、朝早く起きて混んだ電車に乗って、テストや気に食わない教師に悩まされる生活なんかと早く縁を切りたいとどんなに願っていたか。ただもうあの頃は、休みを待ちわびていた。「書くこと」が、自分にとっての「コレ」か、と思った。やっと真なるものがみつかったかと。ところが、やっぱりどこか違う、これが今の正直な気持ち。机に向かい、肩こり不眠を友に内向していくような生き方はつくづくいや、精一杯体を使って汗をかき、ああくたびれたでぐっすり眠れるような生き方をしたい。具体的解答がある。それは、SKDの踊り子だ。ついこの間初めて浅草は国際劇場での絢爛たる舞台をみて、すっかり魂を奪われてしまった。これこそ自分がやりたいことであったと、心で叫んだ。人生は一つの生き方しかできない。遅すぎた。ひどく哀しい。

今度生まれてきたら、私は断髪にシルクハットで燕尾服の、水も滴る男役か、頭と腰に羽根をつけ、高く脚を上げラインダンスをする踊り子に、と決めている。

●● 我が挫折の記

挫折、という熟語は、何かすごく大仰な感じがする。その字面も、ザセツという音の響きも。大腿部複雑骨折なんていう言葉を聞いた時のような感じ。これぞ、と思っていた方向への道を閉ざされ、志破れ、地面にガックリ膝をつき、オレはこれからどうすりゃいいんだ、と思いあぐねている男。途中まで作られた建造物がある時点でストップ、そのまま放りっぱなしにされ、雨風にさらされ朽ちていく。そんなイメージ。昔から、失敗は成功の母、カンナンシンク汝を玉にす、〈金剛石も磨かずばとか色々言うけど、私個人としては（そんなに立派な人にならなくていいから）心安らかに楽しく暮らしてゆきたい。クルシミ、カナシミは、一つでも少なくあって欲しい。ところが、なかなかそうはいかない。毎日毎日を、○×△でつけていったとしたら、△と×の方が、一年を通じて○よりずっと多い。朝起きて、一日のスタート気分だって、乳製品や珈琲のコマーシャル映像のように、幸福の予感に満ちた顔で、湯気立つカップ片手に、にっこり笑うモデルケースのような時は、数えるほど。

気の持ちよう、というが、これも、どうなのだろう。時々は、（あーあもう何もかもヤんなっちゃう)、と思うのがホントじゃないか。また、そういう思いをしたことがない人というのは、思いやりの気持ちに欠けることがとても多い。学校時代の友人に、目先何も見えない思いをしていた頃会った。結婚数ヶ月目くらいだった彼女は、あなたもっと前向きになるべきじゃない、とふさぎの虫にとりつかれた不景気な人間に対するように、殆んど、自分と旦那との新生活の話が主、平行線を描く思いの中で、こういう人に何か話しても分ってもらえないなとつくづく感じた。彼女はいわゆるいい家の娘、勉強も出来、私立の小学校から大学まで、エスカレーター式に進み、卒業後少ししてから見合いで、これもよいところの相手と豪華な華燭の典をあげという、「挫折」とは関係なくきた人。私は決して挫折礼讃者じゃない。苦労をことさら何かのカテのように言う人には、苦々しい感じを覚えることが多いし、それでこすっからく、世知辛く、性質がわるくなる人も随分いる。だけどあまりに欠けるところなしできた人、いつも胸を張れる状態でスイスイきた人というのは、やっぱり駄目なんじゃないか。することが何もなく膝をかかえこむ思いでいた、小説で受賞するまでの三年半は、実に辛く長かった。若いんだから、何だって出来る筈よ、あたら若い年月を、無駄に過ごして勿体ない、と言われながら、自分が、つかまるべきものの何もない漂流者のような気がし、若いからこそ、余計苦しかった。

私という荷物

わがままと神経質。この二つは、少女時代から言われることが多かった。そんな目で、人から見られがちだった。そんなこと言ったら、人間皆ワガママ、と反撥《はんぱつ》したくなるし、わがままじゃなく正直、神経質ではなくデリケート、と訂正したい。人と会ったあとは、おおむね疲れがドーッと出る。会いたい時に会いたい人と会う、自発的にそうする以外は、人と適当に調子を合わせその場その時間内を埋める、ということが、煩わしい。素敵な人には会いたいと心中リクエストし続けている。ところが期待は裏切られる為にある、といった格好。私がいささか厭人《えんじん》的になっているには、次のような理由もある。

「毎日何してるんですか?」この質問は以前にも私を悩ませたが、小説書いたりしてからは、もうきかれずにすむ、と何故《なぜ》か信じていた。ところが、今でも会う人の、五人の内五人が口を揃《そろ》えるようにその愚問を発す。「書いてますか?」これもよくきかれる。「書いてません」素気なく言う。すると、「それじゃ一体、毎日何してるんですか?」対面者は、何とも解せないといった面持ちで、不気味そうに、不思議そうに、不審そうに、わけ分らなそうに「毎日家にいるんですか?」「外には全然お出にならないんですか?」

もう私のイライラは極点に近づく。会う人会う人ソレなんだから。どんな暮らしをし何をしようと、全くこちらの勝手。毎日決まったツトメをしている人は、まずそんなこときかれないでしょう。でもその人達だって、一日一日違う筈《はず》。私だってそう。昼近くむっくり起き上がり、寝起きのわるい顔で寝巻きのままうろうろ、新聞読んだり食事したりして、もう日が暮れた、という日もあれば、朝風呂入って目を覚まし、化粧身仕度おさおさ怠りなく整え、よそゆき顔でいざ出かけんという日もあれば(時にはね)、洗濯掃除をする日もあれば(これだけでその日のエネルギーは空っぽ)、買い物しに行って外食し帰ってくる日もあれば(人の多い商品の溢《あふ》れた店々のハシゴは疲れる)、こよなく愛し応援するSKDレヴィウを見に行く日もあれば(近年知った楽しみだがこの世のゴクラク)、浅草寺におまいりに行って花やしきで遊び粟ぜんざいで一服し鰻を食す日もあれば(浅草はやはり一番好きな町)、雨の降る一日とりとめなく通俗小説や雑誌を読んで過ごす日もあれば(雨の日の外出はきらい)、珍しく書いている日もあれば(ちょっとやって凄《すご》くやった気分になる)、あァそれなのに、何で「○○をしています」などと、十把《じゅっぱ》ひとからげ式に答えられよう? とにかくこの場を借り、「その手の質問」は一切おやめになって、とかっきり申し上げたい。こんなふうに、私は感じやすい。同じことでも真正面からドスッとドッヂボールの球を受けてしまったように、相手のちょっとした一言なり何なりを受けとめてしまう。

周波数が合う人といる時は、自分が自分らしく、自然でいられる。らくだ。人からさアどうぞ、と場所を用意されるように暖かく迎えられると、リラックスし、のびやかに自分の良さも出せるが、その反対に、こちらに好感を持っていない人との時間は、ただしんどく、居心地悪く、寝汗をかくように気くたびれしてしまう。初対面なのに、あるいは別に利害関係は何もないのに、何だか感じが悪い、そんな人に出会うことがある。そういう電波は如実に伝わってくるので、私の被害妄想じゃない。私自身もきっと、好かぬ相手にはそういった磁波を送っていることと思う。人には誰でもいいところがある、そこを見て付き合え、とはよく言われるが、好き嫌いは理屈じゃない、感覚の分野なので、感情はねぢまげられない。学校時代、馴染《なじ》んで好きな教師も遠い昔いたが、それ以上に逆の教師に多くぶつかった。生徒というのは生殺与奪の権利を握られているようなもの、教師、特に担任との折り合いがよくないのは、その子にとって辛《つら》い毎日になる。のびのびして元気過ぎるほど元気だった男の子が、受け持ちが変って違う教師になったら、どういうわけか目の仇《かたき》のようにいじめられ、その子の目がだんだんおどおどして卑屈に、性格もすっかり様変りしてしまった、そんないたましい光景、出来事を、ゾッとする思いで見たこともある。ことほどさように、好悪の感情というのは理不尽なもの、でもそれによって人の心の針は、マイナスにもプラスにも揺れ動く。出来ることなら、なるべく沢山の人に好かれ、愛され、快適な人生を送りたい。でもそうなるには、私という人間は、ちょっと振幅が大き過ぎるようだ。

「どこへ行こうか」「マミちゃんち」

母に抱かれ麦畑を背にした生後間もない写真がアルバムの一頁目。東京練馬の父の実家の離れにいたころで、間もなく高田馬場の建売住宅に移った。小さな狭い家だったが、裏口があり、庭もあり、犬がいてくれた。穏やかな性質の柴犬だ。私は、三輪車のペダルもこげぬ非力な子で、毎月のように熱を出したが、近所には遊び仲間が多く、家に連れてきて王女みたいに振舞っていた。庭に四人乗りのブランコがあったから「どこへ行こうか」となると「マミちゃんち」となった。当時まだ珍しかったテレビを見ていると、庭の隅にあった納戸の屋根に知らない子供たちが鈴なりになってのぞいていた。ピアノの置かれた応接間では父がビールを飲み、ハヤカワミステリを読み、私と妹は、しっくいの壁に赤いクレヨンで落書きし、食事の時はご飯粒を口の周りにつけていた。雨の日は石油ストーブで洗濯物を乾かし、生活感の溢れた家だった。床は凝った模様の寄せ木細工で母はよくワックスがけをし私は滑って転んだ。

そのうち、二階に父の書斎が、庭には砂場ができた。家族全員がそろっていた時代、あの家を思うにつけ、貴重な記憶がよみがえってくる。

恥のうわぬり

私って、「ヘンな話」が多い。それは、己《おの》れの性格の故もあろうが、まるで向うが私を選ぶように、何かが起る気がする。例えば、家族と歩いている時、大勢の他人と信号待ちをしている時、私一人に鳥の、鳩《はと》のフンが落ちてくるといったように。（実際、今迄三度ばかり命中。こんな事は「運がつく」と考えられないでもないけど）。感情が表出しやすい。これでおかしな局面を作ってしまったことは何度もある。

小学校六年の時。お化けの話がとても上手な先生がいた。五回に一度は、授業を半ばでやめ、怪談をしてくれた。生徒は怖い話して欲しさに、その授業を真面目《まじめ》に受けていたように思う。あの年頃って、怪奇物を読みたがったり、そんな年代なのだ。暗幕を引いて教室を真暗に、皆シーンとして聴く中、先生はポツリポツリと、ひそやかに話してゆく、と突如、静寂に錵《もり》を打ち込むような、闇を切り裂く大音声《おんじょう》。心臓をワシ掴《づか》みにされたような驚愕《きょうがく》の悲鳴を、女の子ばかりか男の子まで上げ、緩急自在の話術、下手な落語家顔負けの怪談話に、生徒は身も凍る思いを存分に味わい、ドキドキワクワクの数十分を堪能。それは続き物だった。つづく、次回をお楽しみに、で、皆は次への期待をつなぐ。

卒業間近の、その教科最後の時間。冒頭少しだけ授業をし、先生はたっぷり完結篇を話してくれた。まさに最後を飾るに相応《ふさわ》しいどんでん返しや恐怖が幾つも用意されていて、驚いて椅子から転げ落ちた子までいた。さて話が終り、まもなく授業終了のチャイムが鳴り、暗幕が開けられ部屋が明るくなって、先生が「では、これで、最後の授業を終ります」と云った時だ。私がハッとする程の悲しさ、さびしさに襲われたのは。この小学校とも、皆とも、先生のお化けの話ともお別れという思いが湧き上り、自然発生的に涙が。それはハンカチを取り出さねばならぬ分量で、私の席は前の方だったので目立った。それからだ。困ったことになったのは。その時迄、いささか優等生でおぼえめでたい、にせよ、私は単なる生徒だった。それが、その日を境に私は、先生との別れが辛《つら》くて泣いた生徒と映ってしまったらしい。

数日後、講堂で卒業式の予行演習が行なわれた。卒業生は一人一人壇上に上り、校長と握手を交す。その校長役が、見ればその先生で、その目は何かを伝えるかのように強く熱がこもり、手はきつく固く、他の人より明らかに長く握りしめられ。だから校内で出会ってしまった折など、（あっ）という顔と呼び声に背を向け、スカート翻《ひるがえ》し急ぎUターン。（あぁ何て事だ又誤解される）と思いつつ。

空白の台詞

鳥はさえずり、犬は吠え、どんな動物たちも、それぞれ彼らなりの言語を発しているのだろうが、人が感じるのはせいぜいそのニュアンス程度で、はっきりしたことまでは分らない。けれどそれゆえ、そこには人と人との間では味わえない、ほっとさせてくれるものがある。動物は人間と違って嘘をつきませんから、とよく人が云う気持ち、分るようになった。人疲れ、と云ったらいいのか。人と話す、人と話をし合う、それがやたら煩わしく思える時がある。話さなければ何も分らないとはいうものの、話したって、話せば話すほど、いやいくら話しても、手を変え品を変えの堂々巡りのように、そしてただ余白を埋め沈黙の時間を少なくするためのようなスピーキントーキン。そんな時、言葉とは何と虚しいものか、そう思わずにいられない。

外国映画を観に行くと、スーパーインポーズ、右に左にと出る字幕に、前の人の頭の間から文字を捉え読みこなすのに追われて、画像、出演者の表情など、みることの方は何割方か差し引かれる。TVのつまらない番組は、まず消してしまうのが一番だが、音を消してみるとそのどうしようもなさも幾らか軽減、煙幕が取り払われ、その人の顔付きの方が何かを如実に物語っている。それにしてもおしなべての冗舌、人々の口数の多さ。あなた達が勝手に色々な想像をなさったらいいわ、と「私ってこんな女なの」、そうしたことは何も云わず、一人誤解と錯覚の氷の宮殿に住む、奥ゆきとイマジネーションを感じさせるスタアもまず、見当らない。

何も出てこない時、何も喋りたくない時は、ひたすら黙っていたい。だけど、それがやはり出来ない。退屈な女と思われたくない、空白の時間は耐え難い、と無理してその場を取り繕うように。そして唇も心も寒くなっている。

いいんだよ、そのままの君で、と云ってくれる相手を、私は一番求めている。

夢の男達

ＴＶで、同じイニシャルＫ・Ｋ、互いにファン同士というテーゼのもと、岸恵子と岸本加世子が出ていた。そこで感じたのは、〝ほめっこ〟している女同士ほど、見ていて疲れるものはないということ。キャッチボールするみたいに、二人はほめ合っていたが、時々そこには（チラッ）と瞬間、善意の衣、粉砂糖のように甘いリップサーヴィスの奥のかげりが、言葉のはし、視線や表情から垣間見え。男って、でも能書きの多い「専門家」も、一筋縄じゃいかぬ個性派も、殆どそれが見抜けず分っちゃいない。作家や演出家といった人々もそう。女の好みを知って、いいと思っていた殿方に幻滅感じる事も多い。

お分かりのように、私は女があまり好きじゃなかった。勿論男の好き嫌いだって大変強い。しかし今年の春、生まれて初めて浅草の国際劇場にＳＫＤ大レヴューを見に行き、これは本当に異なる世界が開けた。宝塚はずっと前に見たことがある。知らない方は両者は似たようなもの、とお思いだろうが、全然違う、そのカラー、持ち味、かもし出す雰囲気がまるで異なる。ＳＫＤは、いかにも浅草で育った、小股の切れ上った粋な感じ、婀娜っぽさ、下町の庶民的な気風を、男役も女役も漂わせている。水もしたたる若衆姿、クールな流し目くれる磨き上げた超《スーパー》ダンディな男役の前では、本当の男なんてかすんでしまう。現実にはありえぬ夢の男。歌舞伎の女形と同種の、そして対極に位置する存在と言おうか。

　私が文筆方面に目を向けたのは、書く世界は圧倒的に男が多く、女は年長の方が殆どで、若い女がひしめく所にありがちな「アク」がなさそうと思ったのも一因。それが昨今の状況。我も我ものラッシュ混雑。こと思惑と違ってしまい何だかとってもつまらない。読む立場で言っても、女の作家の書くものの中には、魅力的できれいな気の利いた、それでいながら現実離れしてない女主人公《ヒロイン》にはお目にかかれない。妊娠したり中絶し、ろくでもない男とのゴタゴタをヒステリックに、深刻ぶって描いたものとか、文体にしてもやたらに読解困難、一度読んでも意味が容易に掴みとれず、理屈っぽくしんどいものが多い。風通しが悪いというか。書くということ自体が、自閉的内向性神経症めいた作業だ。生きていくことってそんなに軽く、ばかりでいかれないことは事実。生まれてしまったのが悲（喜）劇の始まりで。でも自分が書く場合は、もうちょっと違った風合いのものを、と重ーい方々とは別個の我が道をゆこうぜ、という心持ちでいる。しかし、小説なんか書く人達、そんなことしなければならぬ人々は因果なことよ。だから、自分で自分にしばしば同情。又（私は例外だ）と思っているので自分のことを棚に上げて言うと、物書く若い女なんて特に、煩しい鬱陶しい種族だ。今や別ジャンルの人間が小説なぞ書いてみる（映画を監督してみる）ばやりだが、自らの進退きわまった中で書くことに立ち向う、のがまごうかたなき「真相」「真実」で、女優として十分に光り輝いていられるどの美女が、本気で小説など書くだろう（活路を見出す場合にしか、そんなことはありえない）。

一時《いっとき》は、編集者とゴールデン街の、狭くるしい酒場に行ったり、膝つき合わせ赤鉛筆片手に原稿直したりが物珍しかったが、近頃は×××××。文壇、エライ作家先生方など殆ど全く、知りませぬ。時たま、名前だけ知ってた方をじかに、近くで拝見、少し話など致すと、失望のみが多かりき。どこへ行っても、ステキな人なんてそうはいないという認識が積み重なる一方。

そうした日常生活の不毛はさておき、龍宮域に遊びに行くように、私はレヴューへ行く。観終ると浦島太郎になったよう。それでなくても本物の男達は色褪せ……。

永年の友人との一件

人づきあい、と聞いただけで、あー苦手、シンドイ、と思う。

私がよく失敗するのは「ホントの事をいい過ぎる」せいらしい。最近では、永年の友人との一件。親しき仲にも礼儀あり、この古くて新しい永遠不滅の鉄則を今私は噛《か》みしめている。それは必然、いつかは襲う当然であったかも知れない。多分私は求め過ぎだったのだ。バチッと小さな火花がショートするみたいに険悪、不穏な気配。ひとって、相手がただ弱っているならいざ知らず、感じ悪い場合に関しては、これはもうどんな人でも、自分だけ感じ良くはありえない。売り言葉に買い言葉、目には目、歯には歯、と絶対に嵐は嵐をよぶ。あーあ掛けるんじゃなかった、と却《かえ》って悪化した感情の中で受話器を置いた。

私は以前、変な義務感から、全くその気になれない、気が進まないのに、無理に何かする事が多かった。しかし、近頃は一本の電話でも一枚の葉書でも、気が向かなければ時を選べ時を待て、その方が良い正しい、と心が定まった。出たくない時は、電話にも出るべきではないと。気にしてかかってきた電話に、些か素気ない態度で出た。それにはその場の状況も絡んでいる。スイ臓がズキズキ痛く、小さな子供が遊びに来ていて、タイミングの良くない、また余裕のないジャスト・オン・タイム。ところが、相手方には分らない。説明しても、言い訳にしか聞こえない。向こうは向こうで妄想の葉を繁《しげ》らせ、遂に、喧嘩《けんか》ごしの物言い、「一体何怒ってるの⁉」、突然の落雷みたいに。

今のところ、私は何事もなかったように、晴れ渡った一点の雲なき青空のような澄んだ声では、彼女と話せない。こちらから到底連絡する気にもなれない。修復には、意外と時間がかかるかも知れないし、若《も》しかしたら、一生疎遠になってしまう事だってなきにしもあらず。苦い一服の頓服《とんぷく》をのんだ心地ではあるが、私は、何人《なにびと》に対しても踏み込み過ぎはまかりならん、という教訓を得た恰好《かっこう》。近付き過ぎると、どんな相手だって欠点やアラが見え、破局に至る危険性をはらんでいる。やはり淡き水の如《ごと》き交わりが正解に違いない、と思い乍《なが》ら、これからもこんな事を繰り返してゆくのかも。だが、周りの遥《はる》か大人年齢の女人をみても、大抵はピーチクパーチクチイチイパッパ、女学生の如き紛争を反復している様子に、皆そんなものさ、という感慨もある。

本当の友人は一生にひとり

忘れられない、という言葉には、もう大分前に会ったきりで、若しかしたらこの先もう二度と会えないが、記憶の中に忘れ難い「灯」を点じている人、というニュアンスが有る。が、今回はこれからの私のいつまで在るか分からぬ「一生」の中で、生が続く限り忘れる事のない(出来ない)人、と考えて書きたい。読売新聞日曜版コラム、随筆欄で「本当の友人は一生に一人」という小文を読んだばかり。この事は以前から私の持論でもあるが、友達は十人二十人或いはもっともっと大勢居ますという人が居たらそれはおかしい、それこそ変なので、本当の友人、という名に値する人は一生かけて一人出会えるかどうか、それ位稀な貴重な存在、と書いてあった。その人の為にはある種自分を犠牲に出来る、また何も言わなくても自分の思っている事が相手に分かってもらえる、真の友人とはその二点が必須であると。やはりそれは、絶対的二大条件かもしれない。そんな意味からすると大方の知人、友人と思っていた、またその範疇《はんちゅう》に入れていた人々も殆《ほとん》ど失格。

去年六月、一年に本が二冊刊行、という初めての事態に加え気がついたらデビューして十年目なのでエイ、と思い切って企画計画実行した出版記念会。十二使徒ならぬ十二人の発起人の内、吉永小百合を挙げよう。案内状を見て、「えっ、サユリさんが来るの⁉」、彼女見たさにパーティに来て「呉れた」人もかなりの数居る事を私は知っている。MAMI、という私と同名の令嬢を演じた『泥だらけの純情』、まるでこの私そのものを演じて下すったような『光る海』(最後の場面は奇《く》しくもその新進女流作家の卵が出版記念会を催す)、その他の不思議な縁《えにし》も有って、彼女はいつもどこかで絶えず気になっている、そして忘れる事の出来ない、更に一生陰に陽に応援してゆきたい女優にして一人の女性、なのである。

●●

神様、お願い！

子供ギライ、と思っていたのが覆されたのは、隣に住むイトコの子供たちに好かれるようになってから。「マミちゃん」、と隣の子供たち、ユカとマサムネは呼ぶ。幼児性の強い、幼稚なわたしのことをユカは「本当に、マミちゃんってベビーなんだからぁ」、大人ぶった、こましゃくれた言い方をするようになって久しいが、かつては「代官山探偵ごっこ」などして、よく遊んだものだ。彼女とわたしは、グリコのおまけを取り合う仲。なぜか、欲しいものや好きなものが一致する。

裏道へ、奥の細路へ、と誰も歩いていない通りを、クイズのパズルのように、ふたりして歩き、彷徨い、駆けめぐる。いつぞやは、階段の段々を、見れば飛び越したがるユカを真似、わたしは大きくジャンプ、勢い余って転んでユカを当惑させた。それは膝小僧をすりむいて、痛いよう！　と泣きべそをかいたからだ。「オトナなのに……」、とユカは困惑した顔になり、ふたりして近くの駐車場のおじさんに、「スミマセン」とバンドエイドを貰いに行ったりしている。

ユカと、例によって裏の小道を歩いているときだった。何の木か判らないが、樹齢何十年、もしかして百年？　というような貫禄のある木があった。

ねえ、ユカちゃん。とわたしは言った。こういう大きくて立派な木は、神様に願い事が通じるのよ。さ、あたしはお願いしようっと。と、その固く逞しい木に右の掌を当て、一心に或る事を願った。すると、ユカも、つづいて同じ仕種をし、「小説家になれますように」、などと口に出して言っているではないか。それまでにも、「本を書く人になりたい」、といった発言は耳にしていたが、この子は本気か、とそのときはちょっと、びっくりしてしまった。

わたしの願い事はその年には叶わなかった。いまなら言ってもいいから言おう。こうお願いしたのだ。「女流文学賞がとれますように」。なぜ、それが欲しかったか？　それは副賞の、ミキモトの真珠が欲しかったからにほかならない。で、その年の女流文学賞アンケート葉書に、自分で自分の作品を推薦推挙推賞した。「あれほどやめろと言ったのに、君という人は……。やめなさいと言ってもやってしまう、バカな子供とおんなじだ」、その行い、振る舞いは編集者の怒りと嘆きを喚んだ。

わたしは、樹木に何らかの霊力が宿っているのを信じる人間だ。吉野の桜、高野山の杉木立ち、いずれも只ならぬ底知れぬ妖気を感じさせる。

わたしは、そのうちまた、小さいほうの子マサムネを誘って、別の木に手を当て、違う願い事をしよう。

私の持病

今私は快調。大体今頃が、私の活動時期なのかも知れない。去年の今時分も、丁度書いていた。あっちの締切、こっちの締切、と各種小説雑誌の新人賞の期限がどんどん過ぎ去ってゆく中、春の締切では一番遅かった河出書房新社の文藝賞に、もうこれが最後という思いで照準合わせ（しかし「到着」したのは何箇月も過ぎてから——だそうで、葉書大のミニ原稿箋のそれはえらく目立ったらしい）、やっと、とにかく書きあげ、さてそれから分厚い電話帳で「か」のページ、河出の電話番号を調べ、送り先確認のため電話してみたら、これは前の番号で、会社も新しいところに移りましたと言われ（何度目かの「倒産」で「倉庫」に移ったのだ）、それを書きとめ、原稿を封筒に入れ宛名書きをし、郵便局に持っていくのが面倒だったので、家の台所の秤で重量を測り、郵便局に電話「何センチ×何センチ何グラムのものには切手いくら貼ればいいんでしょう?」とたずね、家の切手帳（昔私は切手のコレクター）から取り出したのを舐めてからポンポンポンと貼り、一番近くのポストまで出しに走った。コトンとポストにそれを落した時は、やはり気持ちが良かった。ああこれで、結果なんか知らないし何の成算もないけど、とにもかくにも行動を起した、書くだけ書いて編集部宛てに送ったのだから、もうおしまい、あとは知らないよという感じ。

私はでれでれだらだら人間、安易な方へ流れがちの、ラクしたい人間、芯からの気分屋と自分でもみているが、あの書いていた期間というのは、自ら頭を撫でてやりたかったくらい、一所懸命それと取り組んでいた。生まれて二十何年目かにして初めて、また一番本気で何事かと対峙した時であった。それにしても、書くっていうことは、実に大変なことだなあと、ここのところ益々強く感じている。だれも助けてくれない。自分が部屋にこもり、集中し、妄想想像回想連想発想、ありとあらゆるチャンネルを全開に立ち向い、具体的に、紙の上に字を、文を書いてゆかなければ、何もかたちにならない、出来上ってゆかない。温泉を発見するため地面を掘り続けているか、油がでるかどうか見当もつかないのに固い岩盤をけずって採掘作業をしているような気がしてくる。それに書くって、実にくたびれる。まさにしんどいという表現がぴったり。しばし書いたそのあとは、カスカスになった夏みかんみたい、水分が蒸発し、脱水症状になってしまう気がする。ひとしきり書くと私は、二階からどたどた駆け下り、あーつかれたー、甘いものー、にがいお茶ー、と叫びながら、大仰に母と妹の前で、バッタリ倒れる真似などやってみせる。母は、あんた一人で暮してたら、いったいどうなるのよと、お茶を煎れながら言う。多分栄養失調になるよきっと、と答える。前に編集部の人からきいた話だが、ある女流作家のところへ行ったら、空になった缶詰めが沢山転がっていたという。一人で家にいて書いている時は、私も冷蔵庫から調理しないで済む単品（ミルクやトマトジュース、チーズ、ペースト、ピクルス、パンやクラッカー）を取り出し、口に入れるだけとなったりする。

たまに、ほんとにたまにだが、神がかり的になる。何かに魅入られたように、書いて書いて書く。糸をつむぐように、或いはブクブクあふれるクリームソーダか炭酸飲料みたいに、言葉があとからあとから出てくる。そういう時はソレッとばかり、誰かが柿の木にのぼって木を揺らし実を投げるのを、木の下へ駆けていってスカートひろげ、あっちへこっちへ走り受けとめるように、紙の上に連写してゆく。やけに調子のいい時はスーパーガールかワンダーウーマンになったよう。向う所敵なしの誇大妄想気分。書きながら、我ながら何て気の利いた表現とか、凄い表現力などと感心する。気が逸り、信号待ちの時も、ブルンブルンとエンジンをふかし、早く出たがっているオートバイみたい。反対に駄目な時は、「人がみなわれより偉く見ゆる日よ」という状態。

私は、いい時と悪い時の差が激し過ぎる。終始シーソーに乗っているか、波乗りしている感じ。

●● 病中にて

一寸《いっすん》、とは言わなくても、やはり先のことは闇、不明。この間まで、私は頗る元気、に暮していた。秋口に入っても、まだ夏の躁的活動期を引きずっているように、連日何かしら忙しく。トモダチと急に初めて南の島《ハワイ》に行くことになった。切れていたパスポートの申請手続き、急ぎの原稿書きや、人に奢って貰う約束やら、精力的に消化《こな》していた。出発前日まで、米国《アメリカ》大使館にヴィザを取りに行ったりして、バタバタと。

かの常夏の地では打って変ってだら〜んとした一週間を、なるべく頭を空っぽに、鋭気を養ってくる、予定だった。向うの脂っぽい大味な食事で胃がやられたり、日本人男の度外れたつ《シ》きまとい《ツッコサ》などあったものの無事帰国の途。機中、突如息苦しくなりI FEEL BAD《キブンガヨクナイ》／I WANT FRESH AIR《シンセンナクウキヲ》と言ったらスチュワーデスが酸素ボンベ持って素飛んで来る騒ぎ《ハプニング》はあったにせよ（こうなったらうんと具合の悪いふりをして、と友人も言うし、ひとしきりスースーO_2《オゾン》を吸入。その後機内食をあっさり平らげたら、あんな騒ぎしてみっともない、とさんざ言われた）。こんがり灼けて元気に戻ってきた、つもりだった。少々の疲れもものかは、翌日は会合（川上宗薫を偲ぶ会）、翌々日無沙汰続きの知人と会い、その又次の日は久方ぶりに胃のヴァリュウム検査、とコンスタントに再び東京での暮しが再開、した筈だった。が、真夏の渦中から初冬の寒さへ、その気候の変化か、いや引き金はあれ、胃を膨ませるためという、鼻から管《チューブ》を入れられ空気を注入された何とも不快な苦痛体験で、喉頭の粘膜をひりひりこすられた所為《せい》。それから体調は急降下。風邪気味から、内臓の不調へ。痛《ズキズキ》みは全身症状、脱力感だるさ頭痛、と全方位的に拡がり、起きていられず床の中。数週間寝たきりの日々。こうなると横になって呼吸《イキ》しているのが精一杯だから（大袈裟でなく）、気力なんて0《ゼロ》。入浴も出来ず髪も洗えずひたすら、トイレと少し食べる以外はＢＥＤ生活。

人間なんてババッチクなってしまうのは簡単。人に見せられぬ状態。色恋美食お洒落何もかも夢のまた夢、遠い彼方。健康でないと何も出来ない、何《ナンニ》も始まらない、と至極当然の普段忘れ果てている大前提の真実を思い知らされ、天井見ながらフラフラ考えたりトロトロ眠ったり、を繰り返し、重ねている。

●●
私のパートナー

いつ、いかなる時も一緒なのは、「自分の気持ち」。これがなかなか厄介な代物、結構ナンブツ、いい時はぐんぐん引っ張ってくれるモーターだが、逆の時はえらい重荷。自分を律し、コントロールでき、いつも一定状態を保っている人が、私には感嘆すべき存在。陰と陽、外向性と内向性、だれでもその幅はあるだろうが、ソーの時は、やたら出歩きたくなり、用もないのにあの人この人に電話をしたくなる。ウツの時はダレにも会いたくないし、デンワのベルが鳴るとゾッとする。生まれてすみません、のダザイオサム気分と、私はいつも忙しい、のウノチヨ気分、この双方を、私は、いつ果てることもなく往復して久しい。この気質、持て余しながらも、〈だから書ける〉と私は今日も自分で自分に言い聞かす。

ブルーハートのこともある

どんなに競争率の激しい大学を出ていようが、何百冊難しい本を読破していようが、人の心の機微にまるで疎い、人の気持ちが分からぬ人間は「デク」だ。(頭がいい悪いとは、本当はそういう事を云うのではないか)。「虫の冬眠」と称し、ただその間はじっとしているに限ります。それしか無いのです。これは、元・医者にして、患者となって久しい私が云う事なのだから、信じて欲しい、と北杜夫が書いている。「鬱」はポツンと或る日或る時、小さな針の痕の様に突然兆すのだが、これに襲われるとアウト、結局は降参するしかない、と開高健も書いている。誰も彼もに違和感をおぼえる時、私は完全な、完膚なき迄の天涯孤独、孤立無縁。誰も何も分かっていないと思う時、分厚い氷のなか、氷柱に閉じこめられている気がする。『メランコリア』『狂躁の日々』(共に人に直された題名なので気に入らぬ。将来改題す)で躁ウツ病の事を書いた。それに苦しんでいる人々がとても多いのに、無理解な人間もまた凄く多いので、その啓蒙の為にもと。「心のカゼ」は、誰だって無縁じゃない、それにかかる可能性は誰にもある。一般社会人から文人に至る迄、みな揃いも揃って「憂鬱」(メランコリー)を「クライ」

なんて忌み嫌い、怖れ、忌避し、単に忌むべきもの、としてしか認知していない今の時代は、正しく不毛で、貧困で、空疎な、虚しい時代に違いない。

面白き　事も無き世を　面白く

と昔の人も云っている。

魅力に乏しい現実、外的世界のなか、微かな螢火、一瞬から数秒間の花火さ乍らに、光りを放ち私を魅了魅惑して呉れるのは、愛する犬達、ＳＫＤレヴュー、そして美味しいものを喰べる事。

第五章

いい事ばかりじゃ無いけれど

わたしの名刺

名刺入れを開け、一枚取り出し、初めまして。

ようやくこれが、どうやら身につき、かけて、きた、であろうか。でもまだ時々、名刺入れ自体《そのもの》を忘れてしまう。自由業の、作家たるものに、名刺なんか必要ない、と思っていた。中平さん、名刺は作った方がいいよ、と先輩《ヴエテラン》の作家生活何十年という菊村到先生に助言忠告されても、頷くだけで、その気になれなかった。時折、編集者にも言われ乍ら。吉行（淳之介）さんみたいなヒトでさえ、ちゃんと作っていて我々に出すんですよ、と。ある時、納戸の奥から、名刺用の手漉き和紙、まっさらの、何も印刷されていない束（百枚）をみつけたのが、そもきっかけ。で、銀座の伊東屋に持って行って頼んだ。両面印刷＝横書きと縦書きで。「変ってますねえ、裏がローマ字ってのはあるけど、同じことが、ヨコとタテですかァ」、受け取った人から不思議そうな顔をされる。

今は、父のことを思い出すことも、以前より少なくなった気もするが、でも、名刺にことよせ、追憶。少し生成《きなり》がかった色合い、紙の繊維が織り出されている矩形、四角い紙達は昔々、父が買ったものであるからだ。四国は高知に、はるばる鳴門の渦潮を連絡船で渡り、小さなユラユラ揺れるプロペラ機で降り立ち訪問した際、かの地で（これはいい）と、自分用に購入した物。時は、本当に移ったのだと今更のように、今昔の感を深くする。そして今もなお、時は移ろい、流れていっている。１９８５・９・５・赤いバーバリィの名刺入れ《カードケース》、パス部分に収まった私の名刺の見本《サンプル》に書き込まれた数字。何か、よく判別出来ない、絵みたいな英字の綴りが二つばかり記され、あと、片仮名で　ジャッキーチエン。

あれは、夏の、まだ暑い日だった。白い麻《リネン》の、衿とサッシュは透けるオーガンジィ、スカートの裾はさざ波のようなフレアになった、叙情的な上品な一着、夏のワードローブ中第一位のワンピースを着た私は、高野てるみ、彼女の会社Ｔ　Ｐ　Ｏ《テルミプロジエクトオフィス》の鈴木康文、彼女の姪の日伊ハーフ美少女モニカ、と四人で、帝国ホテル新館客室の廊下にいた。部屋の中からは、ひっきりなしにシャッター音が聞え、私達はカレが出て来るのを待っていたのだ。その一室では、ジャッキーが（彼の主演作と併映の主役）ハヤミユーと並び、『平凡』その他何社ものカメラマンがバシャバシャ撮っている。ねえ、何だかこんな風にして待ってるの、グルーピィみたいでイヤねエ、と引率者《リーダー》のてるみ社長。エディターライターである彼女はその数ヵ月前、某誌の仕事で、ジャッキーを取材しに香港に行って、彼と王 羽《ジミーウオン》（元俳優今製作者）と顔見知り。みんな頷く。でも、この過密スケジュール、まアしょうがないか、と待っていた。部屋に入って少し《ちょっと》お話、記念撮影という段取りが、予定が押せ押せ、そんなこんなで彼とあいまみえたのは、何と時間にしてほんの十何秒という有り様。その時、思わず私は叫んでいた。ちょっと待って《プリーズウェイト》!、驚いた顔で、向うへ歩きかけていたJ《ジャッキー》が、取り巻きの男達と一緒に振り返り、こちらへ戻ってきた。それからはジェスチャアとブロークン和製英語の片言連発。私は貴男のファン《アイムユアファン》よ・私は小説家なんです《アイムアノヴエリスト》・これは私の本なの《ディスイズマイブック》・差し上げます《アイプレズントユウ》、と自分の文庫本を差し出し、彼はにっこりし謝々《シエイシエイ》といった感じで両手の握手、私は急ぎ自分の名刺出しサインして《プリーズサイン》エ。まるでミーハー。その後J《ジャッキー》は大怪我したが、大丈夫そうで。私はその一枚に書かれた自筆を見ると、彼の強運福運のいささかを、自分も分けて貰った気がしないでもない、けれど(でも、〝虚しい盛装〟でした)。

ホテルという異性

ＨＯＴＥＬ――その言葉にはちょっとした魔力のような響きがあって「ホテル」、そう聞いただけでそこはかとなく胸がたかまるような、ときめくような気配を感じてしまうのは、何もそこを根城に繰り広げられるラヴロマンスを思い描くからばかりじゃない。寧ろホテルそれ自体が、私にとって異性のような趣きがある、と気がついた。懐の広さ・抱擁力・面倒見の良さ・サーヴィス精神ｅｔｃ　今回のこの人にはどの程度その持ち合わせがあるか知ら？　そんな仄かな期待感を持って赴いていくように。

回転扉を押し、或いはゆっくりと開く自動ドアから一歩、中へ足を踏み入れた途端ＳＴＯＲＹが開幕、どこか小国の姫君めいた気分になり始める。多分ホテルに泊る醍醐味、ホテルがしてくれる最大プレゼントというのはそれ。よいホテルほど、訪れる男女をＫＩＮＧやＱＵＥＥＮ、ＰＲＩＮＣＥやＰＲＩＮＣＥＳＳにする。

貴方様をお待ち申し上げておりました
貴方様にこんな御用意を致しております
どうぞごゆるりとおくつろぎ下さいませ

寡黙であり乍ら雄弁な心遣いや個性は、案内された客室の、例えば一輪の花《バラ》、籠の果物《オレンジ》、備えつけのシャンプー・リンス・サヴォンといった小道具、壁、カーテン、鏡など家具調度品からもことごとく伝わってきて、一時の住みか＝MY　ROOMスペースに身を置けば、そこで何をしても（しなくても）、どう過したっていい気楽さに、もっとも安らぐ筈の自分の家では味わうことの出来ない、別次元の解放感に浸れる。ほっておいて欲しい時はノータッチ、いくらでもそっとしてくれるし、ひとたび用事があれば電話一本で駆けつけ、何とかしてくれる。全てを委ねてしまえる楽々感覚。

あれは十代初めの夏。学校のキャンプ。山間の寮生活。戸外での毎朝の礼拝。説教を聞き乍ら賛美歌に合わせて口を動かし乍ら。いつも目に入るのは、ずっと離れた小高い山の向う、丘の天辺に立つ白い瀟洒な建物。それは、眺望の素晴しさを誇るホテルだった。

〝ホテルに泊る〟それは特別な事に思えた。『全国ホテル案内』というその頃出た本には、泊り方ＡＢＣが縷々《るる》記されている。玄関に着いたら胸を張って／寝巻で室外に出ないように／バスルームの使い方／卵料理の説明、その他。（浴衣以外は）洋式洋風というものに100％囲まれて過す為の心得の色々《イロハ》。

それから、また、夏が巡ってきた。

車はぐるぐる、螺旋状に坂道をのぼっていた。かわいてひんやりとした空気の流れる、高台のそのホテルの前におり立った時、ようやく・憧れのホテルについに来た、と思わず深呼吸。広々した庭の、屋外劇場のように張り出したテラスから遙か眼下には湖がたっぷりと拡がり、すぐ目の前には富士山が大きく全容を現わし。

ガラス張りダイニングルームの、ピンとしたクロスの上には磨き抜かれたグラスや銀器が並び立ち、ジュース・シリアル・ホテル特製パン・完璧に焼き上ったオムレツなど、次々恭々しく供される朝食《ブレックファスト》。グリルでの気軽な昼食《ランチ》は香ばしい虹鱒のムニエル。お茶の時間は喫茶室《ティルーム》で特製クリームパイと紅茶。夜はBａｒで初めてのカクテルを口に。

朝は高原の可憐な花や気の早い薄《すすき》がそよぐ遊歩道を散策、昼間はプールに身を浮かせ空を仰ぎ、全く人気のないコートでテニスのラケットを借り気まゝに打ち合ってみたり。

黒服蝶ネクタイの支配人《マネジャー》が控えている、煌めくシャンデリアの下での夕食《ディナー》はちょっと気は張るけれど、いかにも豪華で特別な気分。

と一々、悉《ことごと》くに感激し（帰りたくない）と思ったのは、初めて尽しの所為《せい》もあったにせよ、あれが、私の、幸福な、第一回目。

時を経て、それから幾つかホテルを知った。わざわざこのホテルに泊ってみたいから、という為の旅行も何度かあった。美事な夜景と野外のジンギスカンで知られる、海の幸を芸術的に調理する料理長のいる、代表的避暑地にある老舗の、小説にも出てくる古都の、等々。どこで何を見た、ということよりあのホテルはどうだった、という印象の方が、記憶として残っていることも少なくない。もう二度と逢えない大好きだった人のように思い出すホテルは、都内の、昔誰かの屋敷だったという瓦屋根木造建築。「五千円カレー」と共に、おっとりとした、何の奇を衒ったところもない、けれど自《おのずか》ら風格が伝わってくる紳士のように、他には類を見ない落ち着いたかつての麻布プリンスホテル。（その内又いつか誰かと）（将来結婚式はこんなところで）、と思っていたらば、なくなってしまって。（行ってみたいと思っていた蒲郡ホテルが終焉した時も、ひどく、がっかりしたものだ）。

クラシックな外観、やたらだだっ広くない小ぢんまりしたスペース、本当に鍵の型をしたKey、ゆとりあるベッドメイクに羽根布団、何より美味しい食事と感じのいい従業員。そんな可愛らしいホテルを最近一夜の宿とした。ことにスタンダードオーソドックスなBarの魅力。こういうのが本物だとつくづく思った。お客の方が女の子の機嫌をとるような店に行くのが好きな殿方や、いわゆる業界人種の溜り場という店を有難がっている御仁には御遠慮願いたい。よく〈私の好きな店〉といったアンケートで一人か二人、ホントに好きな処は絶対教えない、人が多く来ると必ず駄目になるから。という解答をしているのに（ケチねェ）と以前は思ったけど、やはりそれは真実だ。こんなにも落ち着いて、快くお酒を飲めたのは久しぶり、という酔心地の中で思った。本当にその良さを分る人と、機会を捉えて通いたいと。そして自分に一番似合う香水といつかゆき当るように、例えば一つずつリストの端から注文し、或いはこんな感じのものが飲みたいの、とリクエスト、すると魔術師のような身のこなしでバーテンダーは、その一杯をさり気なく置いてくれるから、きっとその内、自分が一番好きなカクテル、みつかるに違いない。時計の針を気にすることなく、ゆったり腰を落ち着けたそのあとは、絨緞の小路を歩き、エレヴェータのボタンをポン、押しさえすれば帰りつける、みえない家来にどこかでちゃんと守られているような安心感と安楽感。

　気分というものほど不確かで、刻々うつり変る雲のように捉えどころのないものもなく、イキのいい野菜のように清新な、水の吸い上げのよくない花のように疲れた、メランコリックの嵐が吹きすさぶ日など、色々ある。心の中が土砂降りになるダーク時、一番理想《いいの》は、気心の知れた気に入りのホテルで気の済むまで〝雨宿り〟の一刻を過し、つかのまのエトランジェを気取ることであるかも。

　好き。そう思えるものは、もしかしたら少なくて一向構わないのかも知れない。

　私はこれからも自分の「好き」を捜し続けるだろうが、付き合うほどに親しんでゆけそうな、暖かみのある渋い男性みたいなその彼《ホテル》とは長の付き合いをしていきたいのだから、どうぞ、変らないでね、と希うばかり。

忘れがたい函館の夜景

北海道へ初めて渡ったのは、二十歳のとき。はるばる行くという感じを味わいたくて、行きは寝台車と青函連絡船。カモメ飛ぶ大空を見上げながら、甲板に出て潮風に吹かれ、やがて向こうの島、目指す北海道の一端が見えてきたときは、あァ、ようやくにして来た、という感慨があった。二週間前後の日数で、歩いたのは、道南から道央。函館札幌登別や洞爺湖など。ゆったりした旅にしたかったからだが、それでも行かなかったところ、食べそこなったものなどいくつも残った。今では少数民族となってしまったアイヌ（アメリカでいえばインディアン）と呼ばれる先住民が、北海道という大きな島の住人であったわけで、東京から地続きの、近隣の土地とは、はるかに違った気配がそこにはある。北海道育ちの人は、よくいえばおおらか、東京育ちの人間とは、そのスケールというか考え方の尺度が、ある種別世界の人のごとき趣、と聞くが。まず感じたのは、歩調のゆったりさ。たしかセカセカ歩きのNo.1は大阪で、次が東京じゃなかったか。札幌は向こうの都会。それでも、朝、出勤時間帯、ホテルの窓から大通りを眺めていたら、みなの歩く早さが、なんとものんびり、ゆっくり、とても穏やか。外へ出ても、東京の、殺伐とし、人を押しのけ、われ先に、といったものは、これっぽっちもない。広いところに、人間が少ないと、こんなふうにもなれるのだと。緑の豊富さ。路面の広さ。何より市電が走っている。これが街の、道路の光景を、少なからずのどかにしている。そして食べ物、鮨や魚貝に加え殊に乳製品のおいしさは特筆。雪印という大きなメーカーでも、東京ではまったく売っていない製品があり、パーラーへはいって頼んだシンプルなアイスクリームも、散策の途中で見つけた懐かしい構えの牛乳屋でミルクを立ち飲みしたときも、あまりのクリーミーな滋味に感嘆、しばし陶然……。ビール工場での出来たてビール、豪快ジンギスカン、夕張メロン、チーズ、バターコーンなど、たらふく食べて食べて、欲張って食べ過ぎ私はおなかをこわし熱を出し、カニとイカソーメンと大通り公園のトウキビをあきらめ、後ろ髪残し帰京の途についた。忘れ難いのが函館の超キラキラピカピカした夜景。私は横浜、神戸など、坂の上から海が見える港町に心引かれるたちで、昼間の散策も楽しかったが、たまたま出会った親切なそば屋のライトバンに乗せてもらい、「ほら、ここからの眺めが最高だよ」、車を止め、イカ釣り舟等が夜の海に浮かぶ夢のような夥《おびただ》しいきらめきを目にしたときは歓声を上げてしまった。

そして、『挽歌』が特別な一冊である私としては、かの地でなら、そんなロマンも、北方特有の神秘性をバックに、本当に生まれそうな気がした。

街からも人からも遠ざかってみたくて

独りになりたい——ときどき無性に思う。田園でも街でも、どこか見知らぬ、いつもと違うところに身を置いて常ならぬ気分にひたりたい……。そんな連想《イマジネイション》から、女のコの一人旅は始まるのでは？

私が初めて「一人」を実行したのは四年前。すぐさま立ち上がり、大型鞄《ボストンバッグ》をとり出し、考え考え、思いつく順に物をそろえ、詰め。駅に行った。地名と料金表、路線図を見上げ、券売所付近で佇むこと数分間。ようやく、或る駅名を告げた。けれど思いついた刻が些か遅かった。下車した頃には真っ暗。頼みとしていた駅の観光案内所はカーテンを閉め、近くに見える宿屋《ホテル》のネオン目当てに歩いていった。結果は、付近にある宿全部に「満杯でして」と断られ、ふらっと行き先定めず（気の向いた駅でおり）、それが本来の〝旅〟と思っていたけど、〈予約なし〉が、〈女一人旅〉がいかに敬遠、警戒されるか、身を持って感じた。同情した何番目かの処の人が見兼ねて、連れていってくれた先は、小さな薄汚ない粗末な旅館。翌日夕刻には、「ただいまぁ」と帰宅。

次からは旅館やホテルには、あらかじめ予約TELを入れ到着。二度目は山間の温泉宿。三度目は湘南の海辺のホテル。後者は名前《ネーム》もステキなシニセの、昔から「一度は」と思っていた〝気がかりホテル群〟の一つ、「時期はずれの季節《シーズン》、海を眺めに」、という風情で訪れたが前金取られ。海も砂浜も往年の面影はいずこ。

けれど、一人ぼっちの旅は、広々とした自由気儘さが、空のように拡がっている。ゴットン（あるいはスーッ）と汽車が動きはじめ、ホームから滑り出てゆく、ときの小気味よさ解放感。そして帰り。いつもはゴチャゴチャして醜いと思っている、歌舞伎町あたりのネオンの群れや新橋の十仁病院アマンドの真っピンク（ボタン色）が見えてくると、（アーア）再び日常か、の反面（ホッと）懐かしい、そんな感慨の両面がある。

時、所、そして自分の気が三位一体のように釣り合ったら、可成いい独りの旅も出来るかも知れない。

読まずにいられない

読まずにいられないということが時々哀しい人の習性《サガ》、のように思われるときがある。(書かずにいられない、ということは更に、もっとそうであろうが、ここでは触れない)。朝夕の新聞。これらに目を通さないと落ち着かない、いつからか、私もそういう大人の一人となった。尤も、読み方は表面をさっと撫でる程度(天の声じゃないのだから、信じ過ぎはイケナイ、と読み流すべく、心がけている)。それでも旅行などで家をあけると、帰ってきて一通り、見ないでは気が済まない。不在が長くなると、山積みの新聞紙を前に、しまいにはバサバサめくっているだけ。何も無ければ、トイレットペーパーの包み紙、薬の効能書きであろうと、熱心に読んでしまうという自称活字中毒者の弁は到底分らないが、電車に乗って、スポーツ紙週刊誌開いている人あらば一緒に読んでしまうし、ヒラ〳〵吊り下っている車内広告は見出しを読みとろうとしているし、美容院や銀行に行っても雑誌を手に取っている。いわゆる読書は少食で偏食の私も、たまに繊維質の物を食べないと、そんな感じで買い込む本もある。『なかよし』『少女フレンド』といったのどかな、楽しかりし読み耽り時代は遠い。

００７が教えてくれた

《男たちは皆が皆、シャンペンの小ビンを飲んでいたし、女はドライ・マティーニだった。「私、私ドライがいいわ」隣りのテーブルでも、明るい顔の女が連れに云っている……》『００７　カジノ・ロワイヤル』より

　気がつけば〝読書〟、読むことはまるで「お勉強」、一種、学習に近いものとなってしまった感じ。やはり「物書き女」となる以前の方が、本との好ましい遭遇があった。

『００７　カジノ・ロワイヤル』。イアン・フレミングの、余りにも有名なるシリーズ中の第一作。その面白さにひきずられ、私は次々ジェームズ・ボンド物を読破していく事になる。

　お洒落とは、美食とは、レディとは、紳士とは、通《つう》とは、粋とは、大人とは、ダンディズムとは、そして恋愛《ロマンス》、つまり男と女とは？　がこの物語の中には全て盛り込まれ、鮮やかで沈痛なラストの幕引き《エンディング》と共に忘れ難い。

●●書くことに最後の救済を求めて

小説を書くこと、それ以外に今の自分に何ができるのだろう。もう私にはこれしか残されていない。三年前、「ストレイ、シープ」を書いたころ、私はそんな切羽つまった状況だった。やるべき仕事もないし、家庭も犬が亡くなったとたん、火が消えたようになってしまった。家族を犬がまとめ上げていてくれたのだ。家の中に閉じ籠り外出するのも億劫になっていた。「何かしなければ」という気はあったが、それが何であるのかわからない。九時から五時までの生活は、耐えられない気がした。そんな日々の中で瀬戸内寂聴の小説は私に、最後になれば、小説という救済への道が残されていることを教え、これこそ私に残された最後の存在証明の方法かと思った。

書きあげたとき、これまでの自分を清算した気がして、ずいぶん楽になった。一つの仕事をやり終えた、という気持ちで作品をポストに投げ入れた。河出書房新社の文藝賞《ぶんげいしょう》という新人賞に応募したのだ。出版社から新人賞に当選したという電話が来たときは、本当に嬉しかった。やっと長いトンネルをくぐり抜けた。目的のない無気力な毎日にピリオドを打てる。と目の前がサーッと開けた気がした。

受賞で私の生活は様変わりした。ただ、受賞後の変化に過大な期待を抱いたことは否めない。自分が知らない世界のことを美化していたし、小説を書くことが、仕事になると、こんなにキツイものだと思っていなかった。

そうそう、生きていくうえで力づけられたといえば、最近になって初めて知ったSKDのステージ。女性ばかりの踊りだが、気っぷがよく、瞬間、瞬間が圧倒的な迫力。いい事ばかりじゃ無いけど、夢を持って生きていきたい。

●●

男に期待

なるべく多くの人に、親愛の情を、好感を持たれたいとは思うけれど、〝人〟、という場合男女問わずのつもりでいるが、私は女だから、男性側に対し期待は大きい。如何《いか》にもフランスならではの伊達男《だておとこ》、永遠の不良中年といったS《セルシュ》・ゲンスブールが、「僕は、男にゃ全然期待していないけど、女性には、うんと期待しているよ（笑《ニヤリ》）」、というインタヴュー記事を見かけたが。分かって欲しい、私のことをようく分かって、と昔から声には出さず叫び続けていたようで、成人してからは異性に対しMORE&MORE、と心中深く求め、望んでいる（と〝特に〟気づかされるのは、その期待、当てが外れた時）。

〽女の子の　気持ちなんて　なんにも分かってくれないの

女の子だったら、女だったら、歌謡曲のこの一節のように、男に対しこう呟《つぶや》きたくなった刻《とき》があるに違いない。

●● 人、我ヲワガママト言フ

これを私は〃仕事場〃で書いている。と言ってもうちから歩いて三分足らずのアパート（それも母所有）。あァ、お宅は最近の地価高騰で得をしているほうだね、と先だって言われたが、滅相もない。私が幼き日、父出奔後、母は幼子二人を抱え実家に戻ることもせず、兄（私からするとオジ）に金を借り（毎月毎月、自分の洋服もロクに買わず＝買えず、何年か前迄《まえまで》利子付きシャッキン返済に追われていた）、狭い土地を求め小さなアパートを建て、生活の糧に、それで生計を、という女手一つの、苦労の賜物《たまもの》。そこへ私が入っちゃった。

十人に七、八人は云う。親元にいて、アシタのメシに困る、ということが無いから、そんなに書かんのだ。とか、どーしてキミはもっと書かんのかね、もっと、書かにゃア、駄目ですヨ！　と先だって出た文藝賞パーティでも言われた。因《ちなみ》に、明日のパンに困らぬからそんなユーガにしておられるのだ、の発言は江藤淳。に対し私は懸命に言ったものだ、「イエ、とんでもないです、ゼンゼンユウガなんかじゃありません。ただあたしって、そういうふうに見えてしまうんです」（「武士は食わねど」の見栄《みえ》っ張《ぱ》りだし）。

賞を頂きデビューしいつの間にやら年月過ぎゆき、指折り数えりゃ七年目、『七年目の浮気』って映画があるが、もっと他にヨイコトないかいな、とよくよそ見してる。片手を振るようにしながら、モット書かなきゃ、と仰《おっしゃ》ったのは野間宏。(後の二選考委員、小島信夫&島屋敏雄とは挨拶《あいさつ》だけ。話したら同じ、だったかも)。

私は朝、寝起きと共にベッドの中でここ数日来、考えていた。〝やさしい〟と〝つよい〟がシーソーのようにパタンパタン、と交互に(心の中で)着地。そして思い浮かぶは、〽強いばかりが男じゃないと　いつか教えてくれた人　なる古い歌謡曲の一節や、例の(余りにも)有名なチャンドラーの「タフじゃなければ男じゃない　優しくなければ生きていく資格がない」のフレーズ。それから、気は優しくて力持ち(これは金太郎のことを唄《うた》ったものだったか)。天秤《てんびん》が両方の皿に同じ重さの分銅を乗せ丁度針が真ん中を指し釣り合いが取れるように、やはり優しさとは勁《つよ》さ(逆もまた真なり)の裏打ちがあってこそ価値がある、片一方だけでは不十分、双方は言ってみればリバーシブル。

そこで自分は、鑑《かんが》みれば、万事騒ぎが大きい(と人から思われているし)、本人はとてもやさしいつもりだが、毒舌を吐きもする。けれど自分がケナサレルと、シューンとなる。人の言うこと柳に風と受け流せず、些細《ささい》な一言も胸にこたえ、心がササクレ立つ。例えば大方の人の口から出る質問「中平さんてたまには外に出るんですか?」「いつもウチに閉じこもってるんですか?」なんてお馴染《なじ》みのにしても一々腹立たしく（馬鹿《ばか》馬鹿しく）、げんなり、うんざり。ソンナコト気にしなさんなよ。相手は挨拶代わりに大して考えもせず口にしているんだから、と心ある人は言ってくれるが、そんなこともかなりのストレスになってしまう。ワガママのハンコを押されがちな私だが、自責の念も何を隠そうツヨイのだ。剣山を自分の心に向けて刺すように責めてしまうことがある。マミちゃんは自分で自分の脚を喰《く》いちぎっているみたいな処がある。もっと自分を許し、受《う》け容《い》れ、甘やかしてあげなさいよ。そうすればもっと生きていくのがラクになるよ、そのまんまで充分いいんだから、と心強い救いの舟を出すように言ってくれる人もいるが。

優しくしかも勁い人、これは自らの目標でもあるけれど、男にこそそうであって欲しいとより強く望んでいるのが本当の処。

電々々々話

今年も最後の月が来た。クリスマスと誕生日が近づく。着心地のいゝガウン・素敵な旅行鞄・きれいなミカン色の口紅………、欲しい物は色々あるが、電話器が欲しい。傘・靴・バッグ・腕時計、幾つか持っていても、いずれも、気を魅かれるのをみつけると欲しくなってしまう品々。どれも、無ければ暮していかれぬ実用品、にして実用だけではかれぬ物たち。これに近年デンワキが加わってしまった感じ。とは云っても今、私は自分用の電話器を四台、持っている。そんなに家が広い、わけじゃない。一階二階を駆け上がったり駆け下りたりしないで済むために、電話が鳴って他の部屋からダッシュ（でも間に合わずに切れ）、という思いをしないで済むためポン、ポン、と置いた結果のようなものだった、最初は。その内の一台は殆ど使いものにならない。小さなグランドピアノ型をしていて、鍵盤が1、2、3と数字になっている。押すと♪ド、レ、ミの音が出る。銀座のデパートでみつけ喜んですぐ買い、家に来た人に「コレ知ってる?」、得意がって見せていたが、保証年月日を過ぎた頃から、受話器を取るとキ〜ン、雑音がひどくなって、かけてきた人出る私、共に毎度のキ〜、でおちおち話も出来ず、ピリ〳〵、笛のようなソプラノでそのピアノテルが鳴り出すと（ア、デンワだ）、と隣りの部屋のミッキーマウスの一台まで駆けてゆく。

私が電話好き、というのではない。寧ろもらうならば断然手書きの葉書や手紙が好き。原稿依頼も、ある時突然掛かってくる電話でより、まず前もって郵便で〈コレ〳〵お願いしたく、テーマ、〆切、枚数、更に原稿料はかく〳〵しか〴〵、後日お電話致します〉、予告篇のように知らせてくれると心構えも出来、（ちゃんとした、丁寧なところ）と好感を持つ。いつも電話は（ナニ？）（ダレ？）、かすかな不安と抵抗感が道連れで精神衛生上よろしくない。夏目漱石だった、我物顔にいきなりこちらの領分に入ってくる、人をよび立てる電話はかなわん、こちらからかける一方の電話というものはないものか。と云ったという話は凄く頷ける。大方の人が、電話に関して今も猶、かような異和感、胸騒ぎを覚え乍ら、その反応は人によって様々区々。気分の良くない時なんか断じて出ない（留守番デンワに任せっきり）、という人も居れば、「デンワには出ないでいゝからね」と云われたにも拘らず、留守を頼まれた家の「ベルが鳴り出すと誰だか分らないのが怖くて、それでヒトんちのでも出てしまう」という妙な人もいる。最近分ったのは子供の電話好き。これは電話器好き、と云った方がいゝのだろうが、家に小さい子が来ると、殊の外デンワに御執心でピポパポやたらに数字のボタンを押したり、受話器を持ち上げてしまうのに、改めて思った。電話って、確かにオモチャにも似てると。

昔の外国映画を観ると、いずれも電話線、コードが長く、毛足のふか〳〵した絨毯の上をうねうね這わせ、美女が受話器を肩と耳の間に挟みマニキュアし乍ら話していたり、フランス映画など、泡で一杯のお風呂に漬かった美女がサヴォンの泡をふっと飛ばし乍ら、アマンと話しているのが、えらく贅沢に見えた。恋愛沸騰期は、好きな人からのそれは吉報、声聴くだけで幸福、というべきもので「好きだよ」「あたしも」「逢いたい」「あたしだって」とやっているだけであっさり三十分一時間経過する。が、絶対に出たい電話の時たまさかお風呂（或いはトイレ）で出損なうことが間々あり、するとおフロ場にもお手洗いにもデンワキを取り付けたい！ と本気で思ってしまう。ペイネの漫画で、いつ恋人から電話が掛かってくるか分らないのですもの、だからこうして私はいつも一緒、という安心した顔で頭の上に電話器を乗せている、電話が帽子になったキャプリーヌ、つば広のそれを被っている女性の絵があった。ブローチみたいに小さい、或いは腕時計かブレスレット型の、そんな可愛らしい軽い電話器があったら、やはり私は欲しい。車の中まで電話を引き、携帯電話を持ち歩き、一体それほどまで生活を更に気ぜわしく、自分の時間を売り渡してどうしようというのか。外に出た時くらい、車で移動する時ぐらい人に邪魔されず、何か考えたり、ぼんやりすればいゝのだ。現代人の病いも極まる哉、という山本夏彦コラムを読んだ時（その通りだ）と思い、街角で耳にそれをあてこれ見よがしに話している人を見ると、あんなに忙しそうにしちゃって、とやり過し乍ら、アレが有ったらやはりいゝな、欲しい、という気はある。香港で、やたらに使っている人の姿を見かけるが、向うでは一種のステイタス、という新聞記事をみかけたが、「恋する女」の場合はキンキューレンラク（今夜急ニ時間が出来タ、逢エナイ？）を逃さぬ小道具、持っているだけで安心便利な品、になろう。

ところで私は最近「便利」、を一つ購入した。ファクシミリ。FAXありますか？　FAXないの？　これまで何回も人から云われ乍ら断じて買うつもりはなかったのだが。雨の日などポストへ走る面倒億劫さに加え、時として速達が何日もかゝることがある（届かなかったことさえある）あてにならなさ。「いや〳〵むしろ貴女のような人にこそファックスは必要だと思うよ。わざ〳〵原稿渡すためだけに、喫茶店に行って飲みたくもない相手とお茶を飲まないで済む。それだけでも助かるんじゃなあい？」。この甘い囁きに似た勧めが一番の決め手となって、重たかった腰を上げ。今、私の机の脇にはそれが〈いつでもどうぞ〉、と控えている。その便利さに、いつかきっと涙することでしょう、と既に使い馴れて久しい人は〝祝FAX開通〟というFAX通信でよこしたが、まだそこまでの感激を味わう程ではない。余計出不精になるよ、と心配した人もいるが、さほどのこともない。そのS社の製品は、付属品がコードレス電話器で、私はおまけの景品にひかれるような形でそれを買い、その子電話が私の四台目となった。

昭和平成眠り姫

ぐっすり深くなるべく長く眠ること。これは私にとっての永遠の命題課題。素晴らしい眠り、というのも小説の傑作みたいなもので、年に数回あるかないかだ、と開高健も小説の中で主人公に言わせている。

眠い、これはほとんど私の口グセのようなもの、朝起きて濃いお茶を呑んでも、戸外の冷気の中を歩いても「目覚めやらぬ」、そんな眠り姫をやって久しい。

うんと体を疲れさせても、お酒をしたたか呑んでも、眠れぬ夜も時にはある。く……っよくネムッたなあ——と惚々する、とても気持ちの良い朝は、確かに開高氏の言うくらい稀なものかも分らない。

眠る前の私の習慣、儀式は、あると言えばある。枕元のミッキーマウスのスタンドをカチッとつけ、ベッドの中に入る。因みにベッドは、通信販売で買った代物。本当の私の憧れは、天蓋付きの、それこそお伽話に出てくるみたいな寝台。金のパイプが浪漫的な模様を描いている、映画の中に出てくるようなベッドも好み。だがこの何年かは、ちょっと安っぽく見える、合板仕上げ、畳敷きの、幅の狭目のそれが私の寝床。タタミで、しかも「宮」つき（枕元に灯りと小函がある式）、寝るところの下に収納の引き出しもついて、という諸条件を満たすのはそれしかなかった。

更に私の毎夜の相手とも言うべき枕は、これも通販物。随分これまで枕の遍歴をしてきたが、どれも満足出来ず、よく新聞雑誌広告で見る変テコな形、首のところが高くなっている、これもおよそロマン的とは程遠い。

入眠前、去年一昨年先一昨年、三冊の手帖を見る。同月同日何をしていたか、一体どんな日だったか、と。不思議と行動パターンが同じ、なんてこともある。そして、二年前からつけ始めたやはり「その日」の日記を見てから部屋を真暗に。明日は果たしてどんな日？　と思いつつ私は目を閉じる。

食べなかった頃

お弁当生活とすっかり縁が切れもう何十年もたつ。小学校六年の時は月に一回土曜のお昼、中学高校の六年間は月曜から金曜迄、母が早起きし毎朝作って呉れた。今、母はおつとめしている妹の為に週五日はお弁当作りが日課。御飯を炊いて、お菜《かず》を余分に作り、それが私のお昼ゴハン。カフェオレペティコートという、レースを張ったカヴァを被せられた〝その日の献立《メニュー》〟を、外から透かし見て、パッとそれを取っては（フムフム今日はこういうおカズですか）。さっきも、魚と野菜の揚げ物《フライ》を食べてきたところ。料理は愛情、とはつとに云うが、弁当作りという行為はその最たるものか。お弁当を見れば、作った人の愛情の深さその度合いが分ってしまうところが有る。うちの母は所謂尽し型らしく、私の学校時代の弁当はちゃんと、必ずデザートの果物迄付いている充実した、かなり豪華な物だった。私はその頃食べるのが遅く（小学校時代は給食の時間、大抵ビリから二、三番目）、母の愛情が具体的な形になって表われている身沢山のお弁当は、ありがたいがちょっと重荷、と思う時も無いでは無かった。通っていたのは金持ち子女の多いところだが、彼女らの弁当は意外に質素、大した事が無く、毎日定食の様に副菜は塩鮭の切り身と玉子焼きと決まって野菜の一つも入ってない者、弁当箱の蓋で中身を隠しながら食べている子さえ居た。私のオイシイオ弁当は小学校時代も有名で、その当時食が細く全部食べられる事は稀だったから、食べたがる子に分けてあげたりした（親の心子知らず）。母が何とかして私に食べさせよう、痩せっぽっちの私を少しでも太らせよう、と必死だったのは幼少期。幼稚園時代のお弁当の時間というと、だから私には憂うつな一時で〈なかひらまみ〉、と名前が印刷された赤い楕円形のアルマイト、園児お揃いの容器の、底に精々四、五㎝入っている程度、それさえ食べ切れず早々にお終いにするのを、担任に「アラ、まみちゃんもう食べないの?」、いつも決まって云われてしまう。印象深いのは近所に住んでいた水道屋の子供タカハシヨシコちゃん。この子は同じ年と思えぬ立派な体格だったが、集団に溶け込めず、朝送って来たお母さんの前掛《エプロン》けを摑んでおいおい泣いていた。お遊戯の時間などもてんで元気が無いのだが、お昼となると目を見張る食欲をみせ、彼女のそれは蓋を取ると圧縮された中身がそれでも盛り上がって、醬油色の炒り卵がペターっと押し潰され御飯の上に敷きつめられていたりするのを、私の一口の五倍程もお箸に乗せて口に運んでいた。

あの味

「初めて」、でいろいろなひとが口にするのは、「こんなにおいしいものがあったかと思った」、という「食」に関するもので、あるひとは戦争中物資のない頃、まだ東京より食べ物があった「地方」で口にしたラーメンだったり、ちいさいころ食べた苺のショートケーキだったりさまざまだが、わたしにとっては、三歳か四歳のころ、父のお供で、祖父母の郷里、土佐は高知へ行ったときの、洋食のフルコース、なかでも、デザートのカスタードプディングがそれ。

芦川いづみと葉山良二のほか、わたしと母と、父方のおばあちゃんたちで、はじめて飛行機、小さなプロペラ機に乗り（すごく揺れるので、気持ち悪いよう、降りたいよう、とわたしが言って、母は大変だったらしい）、その地を訪ね、〝高知出身の監督来たる〟と歓迎され、父の作品を上映した映画館では、ふたりの俳優ともども父もサインボールを投げた、そんな写真も残っている。

なにより印象的なのは、市長が開いてくれた歓迎の宴で、長々とした挨拶などあったそれにぐずったりせず、ふだん食が細く母を困らせていたわたしが、なみいる大人たちと同じように、伊勢海老やメロンの晩餐をきれいに全部平らげ、しかもデザートの「プリン」を、初めて食べてよほど気に入ったのだろう、母に「お代わり」と言い、母がその旨ボーイさんに告げ、ふたつ食べたこと。幼少期の記憶、というのはその後にも影響し特別な作用を与えるもので、以来わたしにはいまだに、美味しいカスタードプディングに対するこよなき執着がある（〝おじゃる丸〟みたい）。

映画『泥だらけの純情』で、浜田光夫のチンピラヤクザと、大使令嬢の吉永小百合が駆け落ちし、裸電球の灯る安アパートで、ふたりして両肩に毛布をかけながら、実に美味しそうに熱々のタンメンを食べたシーンは忘れられない。「こんなに美味しいもの食べたの生まれて初めて」、わたしと同名の令嬢が放った台詞である。

幻想と現実のはざ間に、溶けていく言葉

ある日、どうやら自分にはその才が有る事を知ってしまった。(ヘッヘ)

これからも生きてる限り、私は五・七・五、五・七・五、と事有る毎に俳句を詠み、続ける事になるかと思う。

五・七・五の小宇宙は、しかし奥ゆきが深かった。

〝古池や　蛙飛び込む　水の音〟

この句の凄さも、よ〜く分かった。

それで私。

〝暖炉にて　チロチロ燃える　火の妖精〟

〝陽炎や　BB《べべ》の産毛の　匂ひ立つ〟これはさる文芸誌編集者が絶賛してくれた。

〝雷蔵の　眉の月見る　夜寒哉〟

〝プラチナの　切れ味雷蔵　狂四郎〟

雷様、雷ちゃんファンの私にしての二句。

〝モンローは　冬のピンクの　砂糖菓子〟べべもMMも大好きな、四九〇〇円もした『モンローの悲鳴』（スコラ）なる写真集と、芳賀書店のデラックスシネアルバムを持てる私にしての句。

〝熊を抱き　熊に抱かれて　冬籠り〟うちには、母の部屋、妹の部屋、そして私の部屋、応接間にも、可愛いベア達が居る。

〝黄金《こがね》なる　朝のリンゴを　カプリシャス〟朝のリンゴは金よ、と昔から母に云われて育った。今、我が家はリンゴが豊富で、毎朝この句の通りカブリついている。

長靴で洗車を終えた母が云っている。

「本当に　今年の冬は　冬らしい冬だわ」。

〝本当に　今年の冬は　冬らしい〟

これでまた、一句出来た。

時々思う。小説はまだるっこしいと。
ぐじゃぐじゃがちゃがちゃ書いても、中で読者の胸に響く一行が書けるかどうか。
その点で俳句は弥増さっている。削ぎ落とされ、磨かれた最少の十七文字。
私は、すっかりその虜、囚われ人。

虎雄のカレーうどん

――後書きに替えて――

マルセル・プルーストの紅茶に浸したマドレーヌではないが、或る食べ物がありありと記憶を甦らせる、という事は確かにある。

私にとっては、カレーうどんが眞しくその一つで、それは徳田虎雄、延《ひ》いては二〇〇二年八月セスナ機による五島巡りを想い出させる。

誰でも（何事も）一寸先は分からないが、文筆業に足を踏み入れる以上に、二〇〇一年眞夏の参議院選挙出馬は、自分でも予想外の出来事だった。

二十二から二十三と当時は確かに走りであったニュース番組アシスタントキャスターを一年間務めた後、当時は御法度タブーの局内恋愛沙汰で私はあっさり放り出され（三年余の浪人時代）万策尽き果てた心境で、「自分を救う為」小説らしき物を書き上げ、新人賞に応募（受賞）小説家を名乗る破目になったが、それから二十七年経過した今では、奇しくもかの平林たい子が書いていている通り、「小説を書くなんていうのは自分の人生のほんの一部で、もっと自分が考えていたのは崇高な、大きな事であった」という心情に強く深く頷きたくなっている。で今は「犬の不殺生！ 目指す愛犬小説家」と敢えて名乗る。そんじょそこらの単なる文章書きと違うと声を大きくして云いたいからだ。三十過ぎて鬱病を患い、後に躁病も加わり、それは苦しい長歳月を強いられた。それがどうにか薬と悪医と病院通いと絶縁出来たのは、偏《ひとえ》に犬（三代目＝三女柴ドン子丼）のお蔭、死なれる辛さに「犬との暮らし」を諦めていた時期、私は発症（発病）している。だから、徳田虎雄率いる自由連合から出馬依頼があった時、何を於いても「犬達を絶対殺させぬ世の中に」が私の訴えであった。「イヌの事なんて――、ニンゲンの方がよっぽど大事なのに」と明からさまにせせら笑う人も居たが、此の世に生きとし生ける者達の生命は皆平等と私は思うし、中でも昔から特別人との関わりが深い犬という生き物は、或る意味人間以上の存在であろう。徒矢疎《あだやおろそ》かにしていい筈がない（お心有る方々よ、急ぎ動物愛護相談センターの犬達の里親になり生命を救ってね。私は大田区城南島出張所からマギーを〝養女〟＝ドン子の妹に）。とまれそれが機縁で、只今ALS（筋萎縮性側索硬化症）という病いで療養治療中の、徳洲会総帥である徳田虎雄と知り合ってしまった。・当初、私をも少し楚々とした女人とばかり思っていた虎も、人々の面前で右翼と遣り合ったり、時にとんでもない言動行動をする私に（コレハ……）、と思ったらしく、奄美の加計呂麻島に流されたのもそれが大きい。が余りに貧しく荒々しい島に一度は逃げ帰り。二度目（三度目）の島ゆきとなる発端が、出発前日突然掛かって来た誘いの電話「アンタがお行儀良く出来るのであれば、お母さんと二

国会議事堂前で自由連合代表にして徳洲会理事長の徳田虎雄と

人、セスナ機での五島巡りに連れてゆく。最後のセスナ、最後のゆっくりした旅だから」、というあの忘れじの（今も耳にリフレインする）言葉。その春、徳田御大は自分の病名を知ったのである。私はその意味を何故か問えず、ザワザワした胸騒ぎを押さえつつ、再び南に飛んだ。その顚末だけでも、プルーストの『失なわれた時を求めて』に近い大作、何冊もの本になるが、奄美が一番暑い季節、母子共々連れゆかれた「忙しい旅」は、此れ迄私の生きて来た中で最も印象深い旅となる。その時、カケロマ島へ虎と出向き、また慌しく奄美大島に戻る舟上、共に食した一杯のカレーうどんは、忘れられない。何しろ一軒のソバ屋すら無い島。勿論医療施設も徳洲会診療所のみ。老人達に話しをし、椅子に坐った彼等の間に一々立っては記念撮影し、慌しく舟に乗る直前、虎は食堂に貼り出されたメニューを眺め、カレーうどんを所望、エンジンを掛けて待っていた舟は、その丼が運び込まれるや出発した。怖い処もあるが物凄く温かく優しい虎は、食べ物を必ず傍に居る人間に分けて呉れる。夢中でスルスルうどんをカレー汁を啜っていたが、途中で隣りに居る私に「ハイ」と丼を手渡し「全部喰べていいよ」。お昼抜きだった私だが、うどんを四、五本、カレーを二口三口飲んだ後で「ハイ」、と丼を返した。すると虎はまた旺盛な食欲で喰べ始め、つゆ一滴残さず平らげた。何しろ「何を喰べても美味しくて美味しくて」というお方なのだ。

子供の頃に父が出奔、精神的には随分泥濘《ぬかるみ》を経験して来たつもりの私だったが、徳之島の貧

自宅近くで左ドン子と右マギー（動物愛護センター大田区城南島出張所から〝養女〟として迎えた）

しい農家に育ち、医師が来てくれぬが為弟が死に（自分はどんな貧乏人でも診る医者に成る）と刻苦勉励、離島僻地にも病院を（自分の生命と引き換えに）作り続けて来た、猛烈人生の一語に尽きる徳田虎雄との出逢いは、私にとって最大の邂逅で、だからこそ（何で因りによってそんな難病に）と天を呪いたくなるが、その天が用意した巡り合わせは、確かに私を私の人生を、それ迄以上に、深く狂おしく味わいのあるものにした。母とそんな話しをし、お昼は近所の店にカレーうどんを喰べに行った。

あの二泊三日の旅。真青な海と空。炎天下の名瀬市の舟漕ぎ大会。駆け足で駈け巡った五つの島々。セスナでの空中時間。

カレーうどんは、それらをあの日々を想い起こさせる。

初出一覧

Ⅰ　私のお気に入り

美女難時代のワガママ『野生時代』1987年2月号／「昭和急行」の夢の果て『婦人公論』1988年12月号／よし子賛『ノーサイド』1996年5月号／私の好きなもの　一『BRIGHT』1992年春号／私の好きなもの　二『BRIGHT』1992年夏号／私の好きなもの　三『BRIGHT』1992年秋号／私の好きな場所　一『BRIGHT』1993年春号／私の好きな場所　二『BRIGHT』1993年夏号／私の好きな場所　三『BRIGHT』1993年冬号／貴婦人のごとく……『アルファー・エヌ』1991年2月15日号／川よふたたび『クリエート』1996年11月30日号／分からない『パンプキン』1992年3月号／わからぬままに……『MIND TODAY』1992年7月号／私の一番したいこと『ＩＡＭ』1993年3月号

Ⅱ　犬ほどかわいいものはない

祖母から受け継いだもの『太陽』1989年7月号／数学が苦手でも『新しい算数研究』2002年3月号／まぼろしの本屋さん『日販通信』1994年4月1日号／父といっしょに歩いた道『ＪＨ　横浜ＮＥＷＳ』1997年11月1日号／父のゲルベゾルテ『煙草の本』1988年2月14日号／アルバムの中の父『婦人画報』1982年1月号／母娘三人暮しのバランス『婦人公論』1993年6月号／母、安定、中流への反発『マダム』1994年10月号／ドン子丼のこと『文藝家協会ニュース』1997年11月号／精神の貴族『ファミータ』1997年6月号／犬のために生きる『文藝家協会ニュース』1999年8月号／犬ほどかわいいものはない『月刊国語教育』2000年1月号／いとしい犬のためならば『ドッグ・ワールド』2000年6月号／加計呂麻島よりＳＯＳ『文藝家協会ニュース』2003年2月号

Ⅲ　いつかきっと王子様が

結婚は遠くにありて思うもの『出会い』1982年10月号／愛しい女と思われたいに決まっているけど『素敵な女性』1982年2月号／なぜダイエットにこだわるの『アーガマ』1983年12月号／俳優は顔『ペントハウス日本版』1985年3月号／愛されたくて堪らない『月刊カドカワ』1985年5月号／男の代用品『アンアン』1986年7月11日号／健康になって、運命の人

と出逢う『婦人公論』1987年1月号／エレガントな毒『ハイファッション』1987年3月号／男の酒学『BIG TOMORROW』1989年6月号／結婚保守派『ミス家庭画報』1991年1月号／スター以上のドラマを生きたジャクリーヌ『フラウ』1994年10月11日号／『山猫』と『サザエさん』『ファミータ』1994年12月号／初めての大恋愛は破局『自由時間』1995年3月16日号／私はソン様『小説宝石』2004年12月号

Ⅳ　私というお荷物

今度生まれてくる時は『東大新報』1982年4月15日号／我が挫折の記『出会い』1982年6月号／私という荷物『ＰＨＰ』1983年6月増刊号／「どこへ行こうか」「マミちゃんち」『東京新聞』1989年10月31日／恥のうわぬり『小説現代』1982年10月号／空白の台詞『別冊婦人公論』1985年夏号／夢の男達『現代詩手帳』1983年2月号／永年の友人との一件『ＰＨＰ』1990年8月増刊／本当の友人は一生にひとり『月刊モエ』1991年5月号／神様、お願い！『Seven Seas』1996年2月号／私の持病『素敵な女性』1981年7月号／病中にて『小説ＷＯＯ』1986年12月号／私のパートナー『THE SHAKAI SHINPO』1991年5月3日／ブルーハートのこともある『花も嵐も』1996年6月号

Ⅴ　いい事ばかりじゃ無いけれど

わたしの名刺『婦人公論』1986年2月特大号／ホテルという異性『アンアン』1986年5月16日号／忘れがたい函館の夜景『婦人と暮らし』1987年10月号／街からも人からも遠ざかってみたくて『月刊エフ』1986年9月号／読まずにいられない『文藝家協会ニュース』1984年9月号／００７が教えてくれた『婦人と暮らし』1988年12月号／書くことに最後の救済を求めて『ニューセンスの新しい女性』1983年3月号／男に期待『ＰＨＰ』1986年9月号／人、我ヲワガママト言フ『ＰＨＰ』1988年2月増刊号／電々々話『文藝』1991年2月1日号／昭和平成眠り姫『婦人公論』1992年1月号／食べなかった頃『主婦と生活　別冊』1994年6月／あの味『ラ・セーヌ』1995年1月号／幻想と現実のはざ間に、溶けていく言葉『マリ・クレール日本版』1996年3月号

（以上に適宜加筆・改題等を経て本書に収録）

中平まみ――なかひら・まみ
❖――一九五三年、東京生まれ。青山学院高等部卒業。NET-TV「ニュースセブン」アシスタントを経て80年『ストレイシープ』により河出書房新社文藝賞受賞。主な著書に『シュガーコオトを着た娘』(角川書店)、『バラのしたで』『恋ひ恋ひて』(マガジンハウス)、『まみのリラックス倶楽部』(フレーベル館)、『恋愛論は欲しくない』『危うい女』(河出書房新社)、『メランコリア』(作品社)、『囚われた天使』(KIBA BOOK)、『ブラックシープ　映画監督「中平康」伝』(ワイズ出版)、『フルーツフル』(実業之日本社)ほか。犬、とりわけ柴犬をこよなく愛す。

王子《プリンス》来るまで眠り姫

二〇〇八年二月十八日［初版第一刷発行］

著者――中平まみ

発行者――加登屋陽一
発行所――清流出版株式会社
東京都千代田区神田神保町三-七-一　〒一〇一-〇〇五一
電話＝(〇三)三二八八-五四〇五
振替＝〇〇一三〇-〇-七七〇五〇〇
〈編集担当　臼井雅観〉
印刷・製本――図書印刷株式会社
乱丁・落丁はお取り替えいたします。
ISBN978-4-86029-225-6
JASRAC　出0800055-801